蒙塔巴诺警长探案系列

偷零食的贼

[意] 安德烈亚·卡米莱里　著

张　莉　译

IL LADRO DI MERENDINE

Andrea Camilleri

新华出版社

图书在版编目（CIP）数据

偷鸡贼的爱 /（意）安德烈亚·卡米莱里著 ; 张莉洁
译. -- 北京 : 新华出版社, 2018.4 （索蒙帕尔蒙警长探案系列）

ISBN 978-7-5166-3972-6

I. ①偷… II. ①安… ②张… III. ①长篇小说－意大利－现代
IV. ①I546.45

中国版本图书馆 CIP 数据核字(2018)第062345号

著作权合同登记号： 01-2016-2575

Il ladro di merendine by Andrea Camilleri
Copyright © 1996 by Sellerio Editore, Palermo
Simplified Chinese edition copyright © 2018 by Xinhua Publishing House
All Rights Reserved

偷鸡贼的爱

[意] 安德烈亚·卡米莱里　著　　张莉洁　译

选题策划：黄锦国　　　责任印制：臧恒佳
责任编辑：李清晰　　　封面设计：李飞工作室

出版发行：新华出版社
地　址：北京石景山区京原路8号　　邮　编：100040
网　址：http://www.xinhuapub.com
经　销：新华书店、新华出版社天猫旗舰店、京东旗舰店及各大网店
新华书店总店：010-63077122　　中国新闻书店销售热线：010-63072012
照　排：鑫美书装
印　刷：三河市君田印务有限公司
成品尺寸：130mm×185mm　1/32
印　张：8　　　　　　　字　数：165千字
版　次：2018年4月第一版　　印　次：2018年4月第一次印刷
书　号：ISBN 978-7-5166-3972-6
定　价：36.00元

1

一早醒来，天气很糟。经过一夜大汗淋漓的辗转反侧，床单紧紧地裹在了他的身上，让他看上去活像个木乃伊。前天晚上睡觉之前，他狼吞虎咽地吃掉了三磅小鸣禽[1]、沙丁鱼。今早起床，他走进厨房，打开冰箱，将半瓶冰水一饮而尽。这时，他向敞开的窗外瞟了一眼，黎明的曙光预示着美好的一天。海面如此平静，天空万里无云。由于对天气十分敏感，蒙塔巴诺觉得未来几小时应该会十分安宁。现在时间尚早，他又回到床上，用床单蒙上眼睛，打算再睡上两小时。像往常睡觉前一样，他想象着在热那亚市外的博卡戴瑟，利维娅躺在自己的床上，如诗般的存在。不管去的地方是远还是近，她都是旅行的好伴侣，正如狄兰·托马斯在《梦中的乡村》中描写的那样。蒙塔巴诺十分喜爱这首诗。

但是，当旅行正要开始的时候，他被电话铃声打断了。铃声就像电钻一样，似乎要把他的脑袋钻透。

"谁啊？"

"你是谁？"

---

1 在意大利被视为美食。

"你先说你是谁。"

"我是坎塔雷拉。"

"什么事？"

"抱歉，警长，我没听出你的声音。你是不是在睡觉？"

"这才五点！你说我该在干什么？你最好马上告诉我有什么事，别耽误我休息！"

"有人死了。在马扎拉·德尔瓦洛。"

"关我什么事？我是维加塔的警长。"

"但是，警长……死的那个人是……"

蒙塔巴诺挂了电话，拔掉电话线。但在继续睡觉之前，他又想到了他的朋友——马扎拉·德尔瓦洛的副局长瓦伦特可能正在联系他。他会打回去的，不过是在办公室。

※

墙上的百叶窗显得格外沉重。蒙塔巴诺笔直地坐在床上，吓得目瞪口呆。虽然他仍旧睡意很浓，但他十分肯定自己被吓到了。眼神闪烁间，窗外的天气已经发生了改变：冷湿的空气卷起一簇淡黄色的泡沫，天空乌云密布。雨近了。

他满腹牢骚地起了床，走进浴室，拧开喷头，打上肥皂，然后突然停水了。维加塔大概每三天会停一次水，警长在马里内拉的家自然也是如此。时间不固定，你永远都搞不清楚第二天或者之后一周会不会有水。于是，蒙塔巴诺提前在墙上装了几个大储水罐，有水的时候把它们填满。但现在已经八天没来过水了。八天是储水罐的极限。他跑到厨房，用锅从水龙头接了点水，水流细得跟丝线一样。然后他又回到浴室，接了储水罐里所剩无几的水。他用这些仅有的水冲掉了肥皂沫，但这显然并未抚平他的情绪。

在驾车去维加塔的路上，一群骑摩托车的男孩横穿过马路，气得他破口大骂。在他看来，《公路法规》唯一的用处就是擦屁股。这时，他突然想起坎塔雷拉的那通电话，盘算着如何为刚才的行为找借口，虽然其实根本用不着。如果瓦伦特真的需要他处理马扎拉的什么杀人案，应该会给他家里打电话，而不是打到警局。为了保险起见，他捏造了这个理由，好解释自己为什么舒舒服服地多睡了两个钟头。

※

坎塔雷拉一见面，就恭敬地从接线总机前的椅子上站起来说："里面绝对没人！"蒙塔巴诺之前跟法齐奥商量好了，认为这是坎塔雷拉最适合的岗位。虽然他什么重要信息都敢漏，但总比在其他地方造成更大的破坏好。

"他们在干什么？庆祝什么节日吗？"

"不，警长，不是庆祝节日。他们聚在港口是因为在马扎拉遇害的人。不知道您还记得不，我今天一大早跟您说过。"

"但如果那个人死在了马扎拉，他们为什么要聚在咱们这个港口？"

"不，警长。那个人死在了这里。"

"天哪！如果那个人死在了这里，你为什么告诉我他在马扎拉？"

"因为他是马扎拉人。他在马扎拉工作。"

"坎塔，你仔细想，可以说……或者无论你是在做什么：

如果一个来自贝加莫的游客在维加塔遇害，你会怎么向我描述？你会说有人在贝加莫遇害吗？"

"警长，重点是，这名遇害者是在途中被害的。我的意思是说，有人在他乘坐的渔船上刺杀了他。那艘船当时正在马扎拉去马里内拉的途中。"

"谁射杀了他？"

"突尼斯人，警长。"

听到这，蒙塔巴诺感到十分沮丧。

"奥杰洛也去港口了吗？"

"是的。"

如果他不去港口，他的副手米米·奥杰洛会非常高兴的。

"听着，坎塔，我需要写一份报告，在这期间不要让任何人打扰我。"

※

"喂？警长。利维娅小姐从热那亚打来电话，请问怎么处理？要接通吗？"

"接。"

"但不到十分钟之前，您跟我说过，不许任何人打扰您……"

"接，坎塔……喂，利维娅？你好。"

"你好，亲爱的。我给你打了一早上电话，但一直占线。"

"真的吗？可能是我忘了把听筒放好。你想听点好笑的事吗？今天早上五点，我接到了一个电话，是关于……"

"我不想听什么好笑的事。我一早就给你打电话。七点半、八点十五，还有……"

"利维娅，我已经告诉你了，我忘了……"

"我！你忘了我！我昨天就告诉你了！今天早上七点半会给你打电话，决定是否……"

"利维娅，我提醒你，外面正在刮风，马上要下雨了。"

"那又怎样？"

"你知道吗？这种天气让我心情很糟。我不想让我的话……"

"我懂了。我再也不会给你打电话了。你想的时候再给我打吧。"

※

"蒙塔巴诺！你好吗？奥杰洛都告诉我了。大案子！肯定会轰动国际的！你怎么看？"

他感到一片茫然，不知道局长在说什么，所以决定假意逢迎。

"哦，是，是。"

轰动国际？

"无论如何，我决定安排奥杰洛去达成协议。但问题是，我该怎么说呢，这超出了我的能力范围。"

"是的，是的。"

"你还好吧，蒙塔巴诺？"

"我很好。为什么这么问？"

"没什么，只是觉得……"

"我只是有点头疼，别的没什么。"

"今天星期几？"

"星期四，局长。"

"听着，周六来我家里用晚餐吧。我妻子会给你做墨鱼汁意面，非常好吃。"

墨鱼汁意面。他的心情已经糟得能染黑成百上千磅意面了，还谈什么轰动国际？

※

法齐奥一进屋，蒙塔巴诺就开始指责他。

"有没有人能告诉我，到底发生了什么？"

"拜托，警长。别因为今天天气不好就把气撒在我身上。我这边的情况就是，今天早上在联系奥杰洛警官之前，我让人给你打过电话。"

"你是指坎塔雷拉那通电话？有大事还让他给我打电话，你脑子是不是坏了？你不会不知道，他说的话只有鬼才能听得懂。快说吧，到底发生了什么？"

"根据渔船船长所述，一艘来自马扎拉的渔船在公海捕鱼时，被突尼斯巡逻艇射击，当时火星四射。这艘渔船当时给我们的'闪电号'巡逻艇发出了位置信号，然后就开始逃离突尼斯巡逻艇。"

"干得好！"蒙塔巴诺说。

"谁干得好？"法齐奥问。

"当然是捕鱼船船长干得好。他没有向突尼斯人投降，还有胆量逃离。还有什么情况？"

"还有一位船员被杀。"

"也来自马扎拉？"

"可能是。"

"说详细点。"

"他是突尼斯人。有人说他的工作证明什么的都没问题。马扎拉的渔船上都有外国员工。一方面,他们干活都是一把好手;另一方面,要是船被对面的巡逻艇拦下来了,交涉起来也方便。"

"遇害者真的是在公海捕鱼吗?你信吗?"

"我?我看起来像个傻子吗?"

※

"喂,蒙塔巴诺警长吗?我是港务局局长马提尼。"

"局长你好,有什么指示?"

"我来问问马扎拉渔船事件。我正在审问船长,想弄清他们当时在哪里遇袭,理清来龙去脉。然后,他就会去你的办公室。"

"为什么?我的助手不是已经审问过他了吗?"

"是的。"

"那他就没必要到我办公室来了。谢谢你的消息。"

看来,他们非要把蒙塔巴诺拖进这趟浑水不可。

※

门突然被撞开,警长吓得从椅子上站了起来。坎塔雷拉冲了进来,显得十分焦躁不安。

"抱歉,警长,门没抓住。"

"你要是再像刚才一样进门,我就一枪毙了你。什么事?"

"有人刚刚来电话说,有人被困在了电梯里。"

青铜墨水瓶没砸中坎塔雷拉的额头,而是摔到了木门上,发出大炮一样的声响。坎塔雷拉缩成一团,双手抱头。蒙塔巴诺愤

7

怒地踢了桌子一脚。这时，法齐奥冲了进来，手放在枪匣上，神情戒备。

"什么声音？发生了什么？"

"让这个蠢货跟你讲！什么有人被困在了电梯里。让他们给该死的消防部门打电话啊！赶紧给我弄走，我不想听到他的声音。"

法齐奥很快就回来了。

"有人死在了电梯里。"他这次说得很简明，以免再招来墨水瓶。

※

"我叫朱塞佩·科森蒂诺，是这里的保安。我是第一个发现拉贝克拉先生的。"站在电梯门旁的一位男士说道。

"这里怎么没有其他人？好事的邻居们都哪儿去了？"法齐奥惊讶道。

"我让他们都回去了。他们都听我的。我住在六楼。"保安整了整制服，自豪地说。

蒙塔巴诺很好奇，如果这位朱塞佩·科森蒂诺住在地下室，他的话还会有多大权威。

死者拉贝克拉坐在电梯里，肩膀靠在后壁上。右手边上有一瓶科尔沃白葡萄酒，还未开封；左手边有一顶亮灰色的帽子。已故的拉贝克拉先生穿得很正式，还打着领带。他年约六十，长得有几分英俊，眼睛睁大，神情惊恐，可能吓得尿裤子了吧。

蒙塔巴诺弯下腰来，用食指指尖摸了摸死者两腿间的黑点。不是尿液，是血。因为电梯嵌在墙里，所以无法从背面看到死者是被刺死还是被击毙的。蒙塔巴诺深吸一口气，没有闻到任何火药味，有的话或许也早就散了吧。

他们需要叫验尸官。

"你觉得帕斯夸诺医生现在是在港口呢，还是已经回蒙特鲁萨了？"

"可能还在港口。"

"给他打电话！如果亚科穆齐和法医们也在，让他们也过来。"

法齐奥得到命令迅速出发。蒙塔巴诺转向保安。这名保安似乎觉得自己可能要被问话，马上立正站好。

"放松，放松。"蒙塔巴诺疲倦地说。

警长了解到，这栋楼有六层，每层有三间公寓，全部有人住。

"我住在六楼，顶层。"朱塞佩·科森蒂诺感觉这句话有必要重申一下。

"死者拉贝克拉是否已婚？"

"是的，他和安东涅塔·帕尔米萨诺是夫妻。"

"你通知他妻子过来了吗？"

"没有，先生。她还不知道她丈夫的死讯。她住在菲亚卡的姐姐生病了，所以她一早就出门去她姐姐家了。坐 630 路公交。"

"我想知道，你是怎么了解到这些情况的。"

难道住在六楼让他有了打听八卦的地利吗？难道所有住户的动态他都门儿清吗？

"昨天拉贝克拉夫人把这些告诉了我的妻子。她们两人经常在一起聊天。"保安解释说。

"拉贝克拉夫妇有没有孩子？"

"有一个儿子，是个医生，但住得离维加塔很远。"

"拉贝克拉是做什么的？"

"商人。他的公司在萨里塔·葛兰言街28号。但近几年，他每周只有周一、周三、周五去上班，似乎已经没有什么工作要他做了。他自己有钱，不用别人养活。"

"你真是个大宝藏啊，科森蒂诺先生。"

保安再一次立正站好。

这时，来了一位大约五十岁的女性，两条腿像树干一样。双手拎了好几个塑料袋。

"我去购物了！"她向警长和保安中气十足地说。

"你好。"蒙塔巴诺说。

"我不好！因为我现在必须爬上六楼。你们什么时候才能把尸体弄走？"

然后她又狠狠地剜了两人一眼，艰难地开始爬楼，喘息声活像头公牛。

"她真是个悍妇，警长先生。她叫加埃塔纳·平娜，住我隔壁，每天都要和我妻子吵架。我妻子是个淑女，从来不和她一般见识，所以她就吵得更厉害了，特别是在我工作了一天想睡个好觉的时候。"

※

刀把卡在拉贝克拉先生的锁骨之间，有磨损的痕迹。它只是一件普通的厨具。

"你认为他是什么时间遇害的？"警长问帕斯夸诺医生。

"我推测是在今早七点到八点之间。详细情况我稍后才能告诉你。"

亚科穆齐和他的团队从犯罪实验室赶到现场，展开了复杂的调查研究。

蒙塔巴诺走出楼的大门。外面刮着风，天空依旧阴沉。门前的路很短，只有两家商店，左右各一家。左边是蔬菜店，柜台后坐着一位很瘦的男人。他的眼镜片特别厚，其中一片还有裂纹。

"你好，我是蒙塔巴诺警长。今天早上，你有没有看到拉贝克拉先生从他住的楼的正门出入？"

这个瘦男人窃笑几声，没有说话。

"你听到我的问题了吗？"警长稍有不悦地问道。

"哦，我听到了。要说看没看到，我恐怕帮不了你。就算坦克开过去我也没法看到。"

右边是家鱼店，里面有两个人在买鱼。警长在外面等到他们离开才进去。

"你好，洛尔。"

"你好，警长。有新鲜的斑纹鳊鱼。"

"我不是来买鱼的，洛尔。"

"你是来问今天这个案子的？"

"是的。"

"拉贝克拉是怎么死的？"

"背部被捅了一刀。"

洛尔目瞪口呆地看着他。

"拉贝克拉是被人杀害的？"

"为什么这么惊讶？"

"谁会想要杀害拉贝克拉啊？他是个好人。太不可思议了！"

"今天早上你看到他了吗？"

"没有。"

"你的店几点开门？"

"六点半。嗯，但是我在街角碰到了他妻子安东涅塔。她走得很匆忙。"

"她在赶去菲亚卡的公车。"

至此，蒙塔巴诺总结出，拉贝克拉可能是要出门时在电梯里遇害的。他住在四楼。

※

帕斯夸诺医生把尸体带到蒙特鲁萨做尸检。同时，亚科穆齐花了点时间装满三塑料袋的烟头、一些灰尘和一小片木头。

"我会随时与你保持联络。"

蒙塔巴诺走进电梯，示意保安和他一起走。但保安科森蒂诺一动不动，似乎有些犹豫。

"怎么了？"

"地上还有血迹。"

"那又怎样？小心别把血沾到鞋上就行了。难道你想爬楼梯上六楼吗？"

2

"请进！请进！"科森蒂诺夫人圆圆胖胖的，长着小胡子，亲切极了。

蒙塔巴诺走进客厅，餐厅也跟客厅连着。科森蒂诺夫人用担忧的眼神看着丈夫。

"佩佩，你不能休息了。"

"这是我的义务。当义务来时，就得履行它。"

"夫人，你今早出过门吗？"

"佩佩回来之前我没出过门。"

"你认识拉贝克拉夫人吗？"

"认识。我们有时一起等电梯，就聊两句。"

"你和她丈夫聊过天吗？"

"没有，我对她丈夫不太关心。他是个好男人，这毫无疑问。但我就是不喜欢他。请稍等……"

她说着离开了屋子。蒙塔巴诺转而问保安。

"你在哪儿工作？"

"我在盐库工作。晚八点到早八点。"

"是你发现了尸体，对吗？"

"是的，先生。盐库就在附近。应该是八点十分，我回到这里，按了电梯……"

"电梯当时不在一楼？"

"是的，不在。我十分肯定，我当时按了电梯，然后电梯才下来的。"

"你也不知道当时电梯在几楼？"

"我估算一下。根据电梯到一楼所用的时间，应该是从五楼下来的。我感觉应该没算错。"

这并不合理。拉贝克拉先生穿得很整齐……

"顺便问一下，拉贝克拉的名字是什么？"

"奥雷利奥，但他通常写成阿雷利奥。"

……他不是乘电梯往下走，而是往上走了一层。那顶灰色帽子说明他要出门，而不是去楼里串门。

"你后来又做了些什么？"

"没干什么了。电梯下来，我打开门，发现了尸体。"

"你碰尸体了吗？"

"别开玩笑了，我有处理这种事的经验。"

"当时你怎么知道他死了？"

"我刚刚说了，我有经验。所以我到菜店打电话给你们警察。然后回到电梯保护现场。"

这时，科森蒂诺夫人端着一杯热气腾腾的咖啡走进来。

"要来一杯咖啡吗？"

蒙塔巴诺接过杯子一饮而尽。然后起身准备离开。

"等一下。"保安说着打开了抽屉，递给他一张稿纸和一支圆珠笔。

"你可能想做点笔记吧。"保安见他一脸疑惑，便解释道。

"什么？你以为我还在上学吗？"他没好气地回绝了。

他受不了做笔记的警察。每当在电视上看到，他都会毫不犹豫地换台。

※

隔壁的加埃塔纳·平娜夫人拖着树干似的双腿在门外等候。她一看到蒙塔巴诺就问：

"你们把尸体弄走了吗？"

"弄走了，夫人。你现在可以用电梯了。先别关门，我要问你几个问题。"

"我？我没什么可说的。"

这时，他听到里屋有声音。声音不大，但很低沉，像雷声一样。

"别那么无礼！请那位男士进来！"

警长走进了另一个客厅和餐厅相连的屋子。一个男人坐在扶手椅上，上身穿着汗衫，腿上盖着被单。他身形魁梧，活像只大象。他露在被单外面的脚也跟大象的脚似的。甚至他那长长的、下垂的鼻子也神似大象的鼻子。

"请坐！"他似乎很健谈，用手指了指一把椅子，示意蒙塔巴诺坐下。"你知道，我老婆像刚才那样生气的时候，我就觉得……觉得……"

"觉得她很吵？"蒙塔巴诺忍不住说道。

男人似乎没听懂。

"……觉得想掐断她的脖子。我能为你做些什么吗？"

"你认识拉贝克拉先生吗？"

"我不认识这个楼里的任何人。我已经在这里住五年了，连一只流浪狗都没见过。这五年我都没出过门。我腿脚不方便，需要三个搬运工人才能把我抬下去。电梯空间不够大。他们把我吊起来，就像吊钢琴似的。"

他说着笑了起来，笑声震耳欲聋。

"我认识拉贝克拉先生。"他的妻子发话了，"下流鬼。我都懒得搭理他，跟他说话我就难受。"

"夫人，你是怎么发现他死了？"

"我怎么发现的？我要买东西，就按了电梯，但是没动静。电梯没上来，我猜有人开了电梯门没关。好多没素质的人都这样。所以我就走楼梯下来，看到保安守着尸体。我买东西回来，又得爬楼梯上来，到现在都没喘过气来！"

"太好了。正好你少说两句。"她丈夫说道。

※

克里斯托弗乐迪家在这层的第三间公寓，门上锈迹斑斑。警长怎么敲门都没人开。于是，他回到科森蒂诺家门口，敲了敲门。

"我能为您做点什么，警长？"

"你知道克里斯托弗乐迪家……"

科森蒂诺用力拍了下脑门，说道：

"我忘告诉您了。刚刚满脑子都想着死人的事。克里斯托弗乐迪夫妇都在蒙特鲁萨。他老婆罗米尔达在做手术，妇科手术，明天就回来了。"

"谢谢。"

"不客气。"

蒙塔巴诺一步跨上平台，环顾四周，又敲了敲门。

"我能做些什么，警长？"

"刚才你说你有处理尸体的经验。你是指什么？"

"我当过护士，好几年呢。"

"谢谢。"

"不客气。"

※

蒙塔巴诺走到五楼。据科森蒂诺说，当时死去的拉贝克拉先生乘坐电梯停在了这一层。难道当时拉贝克拉先生是上来见什么人，然后被这个人杀害了吗？

"打扰了，女士。我是蒙塔巴诺警长。"

一位年轻的家庭主妇开了门。她大约三十岁，长相迷人，但衣衫不整。她将手指放在嘴唇上，示意他别出声。

蒙塔巴诺立刻噤声了。她的手势是什么意思？只怪他自己没有带武器的习惯。女人小心翼翼地站在门边，警长保持着警备，看了看周围，走进一个小书房，里面满是书。

"请一定要轻声说话。小宝贝要是被吵醒了就坏了，他不会说话，但会哭，别提多厉害了。"

蒙塔巴诺叹了口气，放松下来。

"你已经知道一切了，对吗？女士。"

"是的。隔壁的古罗塔夫人已经告诉我了。"女人说道，但是声音很小，像是飘进他耳朵里一样。警长觉得很烦恼。

"所以，你今天早上没见过拉贝克拉先生？"

"我今天还没出过门。"

"你丈夫呢？"

"在费拉。他在那里的一所中学教书，每天早上六点十五准时出门。"

他们的对话不得不很快结束。他越看古力萨诺，就越觉得对她动了心。他从门牌上看到了这位女士的名字。出于女性的第六感，她察觉到了他的心思，微微一笑。

"喝杯咖啡吗？"

"荣幸之至。"

※

下一家开门的是一个小男孩，最多只有四岁，长着双斗鸡眼。

"你是谁呀？"小男孩问。

"我是警察。"蒙塔巴诺努力配合着孩子的思维，笑着答道。

"你别想活捉我。"小男孩说着端起喷水枪，射在了警长的额头上。

接下来，两人扭打了一小会儿。小孩被"缴械"后就哭了起来，蒙塔巴诺狠心地射了他一脸。

"你们在干什么？发生什么事了？"

男孩的妈妈是古罗塔夫人，与隔壁的年轻妈妈作风截然不同。

她上来就狠狠地扇了儿子一巴掌，然后夺过警长扔在地上的水枪，用力扔出窗外。

"行了！我看你还怎么闹！"

小男孩号啕大哭，跑到了另一间屋子。

"都怪他爸，总给他买这些玩具！他爸出门一天了，什么都不管，留我一个人看这个捣蛋鬼，哪儿都去不了！你需要我做什么？"

"我是蒙塔巴诺警长。拉贝克拉先生今天早上有没有来过你家？"

"拉贝克拉先生？到我家来？他为什么要到我家来？"

"这正是我想问你的。"

"我记得他来过，不过也就是点头之交……没多少来往。"

"可能你的丈夫……"

"我丈夫从来没跟拉贝克拉先生说过话。况且，他哪有时间跟拉贝克拉先生说话呢？他从来不在家。什么都不管。"

"你丈夫在哪儿？"

"他不在家，你都看到了。"

"是，我看到了。他在哪儿工作？"

"在港口，鱼市。他每天早上四点半起床，晚上八点回来。我能见他一面就谢天谢地了。"

古罗塔夫人真是个善解人意的女人。

※

五楼的三号房，也是最后一间房的门上写着"皮奇里洛"。

开门的是一位貌美的夫人，五十岁上下。她看上去很不安和恐惧。

"你想怎么样？"

"我是蒙塔巴诺警长。"

女人把头扭向一边说：

"我什么都不知道。"

蒙塔巴诺立刻感觉可疑。拉贝克拉先生坐电梯上楼就是要去见她吗？

"请让我进去。我还有一些问题想问您。"

皮奇里洛夫人很不友好地往边上挪了挪，让警长进了屋。客厅不大，但还算舒适。

"你丈夫在家吗？"

"我是寡妇，和女儿鲁姬娜住在一起。她还没结婚。"

"如果她在家的话，请叫她出来吧。"

"鲁姬娜！"

一个穿着牛仔裤、二十出头的姑娘走了出来。她长相甜美，但面色苍白，显得很害怕。

这下更可疑了。警长决定继续盘问。

"今天早上，拉贝克拉先生来找过你。他想干什么？"

"没有！"鲁姬娜几乎是喊出来的。

"他没来过，我发誓！"她妈妈马上宣称。

"你们和拉贝克拉先生有什么关系？"

"我们只是认识。"皮奇里洛夫人说。

"我们没做错任何事。"鲁姬娜哭着说道。

"嗯，仔细听好了，如果你们没做错事，就不要害怕。有人看见拉贝克拉先生曾在五楼……"

"那凭什么怀疑我们？这层还有两家人……"

"别说了！"鲁姬娜突然爆发，歇斯底里地喊道，"别说了，妈妈！跟他全说了！全告诉他！"

"哦，好吧。今天早上，我女儿正要去理发店。她按了电梯，电梯马上就来了。所以电梯肯定停在了四层。"

"当时几点？"

"八点五分……她打开电梯门，看到拉贝克拉先生在电梯里。因为我跟女儿一起等的电梯，所以我就朝电梯里看了看，感觉他喝醉了。他手上拿着一瓶没开封的白葡萄酒，嗯……而且他看上去把衣服弄脏了，我女儿觉得很恶心。她关上电梯门，决定走楼梯下楼。当时电梯又下去了，楼下应该有人叫电梯。我女儿胃不好，那一幕又那么让人反胃，所以鲁姬娜和我就回家洗漱了。不到五分钟，古罗塔夫人就过来告诉我们，可怜的拉贝克拉先生不是喝醉了，而是死了！就这些。"

"不。"蒙塔巴诺说，"这不是完整的事实。"

"你说什么？我已经告诉你事实了！"女人不安地说。

"真相和你说的有一点不同，而且会令人不舒服。你们当时就意识到那个人已经死了。但是，你们什么都没说，而是装作从没见过他。为什么？"

"我们不想被人嚼舌根。"皮奇里洛夫人承认了。然后，她突然歇斯底里地嚷道："我们都是正派人！"

所以，这两个正派人将尸体扔在那里，等着一个或许不那么正派的人去发现。如果拉贝克拉当时没有死呢？她们把他丢在那里不管是为了保护……保护什么？

警长走向屋外，砰地关上身后的门，正好碰见法齐奥。

"我来了，警长。如果您需要什么……"

这时，蒙塔巴诺突然萌生了一个想法。

"是的，我需要你做些事。敲这扇门。里面住着一对母女。她们不配合调查，就都铐起来，动静闹得越大越好。我想让全楼的人都以为她们俩被逮捕了。等我回到局里再放人。"

※

一打开门，住在四楼一号房的会计库里奇安便向后推了蒙塔巴诺一把。

"别让我老婆听到。"他站在门外说。

"我是警长……"

"我知道，我知道。你把我的瓶子拿回来了吗？"

"什么瓶子？"蒙塔巴诺盯着这个骨瘦如柴的七十岁老翁惊讶地问。空气中弥漫着诡异的气味。

"死人边上那个。一瓶科尔沃白葡萄酒。"

"那不是拉贝克拉先生的吗？"

"当然不是！那是我的！"

"抱歉，我不太明白，请你解释一下。"

"今天早上，我出门买东西，回来的时候打开电梯门，看到拉贝克拉先生在里面，已经死了。我立马就意识到他死了。"

"是你叫的电梯吗？"

"我为什么要叫电梯？电梯本来就在一楼。"

"然后你做了什么？"

"我能做什么，孩子？我的左腿和右臂都有伤。美国兵干的。我每只手都拎着四个袋子。走楼梯是不可能了，对不对？"

"也就是说，你和一具尸体一起坐了电梯？"

"我也没办法！但是后来，电梯停到我家那层，也就是死者住的那层，酒从我的袋子里滚了出去。所以我就打开家门，把所有袋子都放下，然后想回去拿酒瓶。结果还没来得及拿呢，就有人按了电梯到下一层。"

"电梯门还开着，怎么能动呢？"

"关了！我当时下意识地关了电梯门！哎呀，我这脑子！到了我这个年纪，脑子就不那么清楚了。我不知道要做什么。如果我妻子发现我丢了一瓶酒，她肯定会活剥了我的皮。您可得相信我，警长。那个女人什么都做得出来。"

"告诉我后来发生了什么？"

"电梯再次经过我这一层，然后又去了一楼，所以我从楼梯走了下去。我一瘸一拐走到一楼，看到保安在那儿，不让任何人靠近。我跟他讲了酒的事，他也保证转告负责人。你是负责人吗？"

"算是吧。"

"那保安跟你提过酒的事吗？"

"没有。"

"所以我现在该做什么？啊？我该做什么？那个女人会数我

花的钱的！"他一边抱怨，一边绞着双手。

这时，他们听到了楼上皮奇里洛母女的哀号和法齐奥专横的喝令：

"走楼梯！用脚走下去！不准说话！"

楼里的人都打开了门，楼上楼下议论纷纷。

"谁被捕了？皮奇里洛母女？她们被带走了吗？她们要坐牢吗？"

当法齐奥走到面前时，蒙塔巴诺递给了他十里拉。

"把她们带到警局后，买一瓶科尔沃白葡萄酒给这位先生送过来。"

※

蒙塔巴诺对其他住户的询问没有获得任何有价值的信息。唯一有点意思的是住在三楼的小学老师博纳维亚说的话。他跟警长讲，他八岁的儿子马特奥在准备去上学的时候摔倒了，鼻子流了血。因为止不住血，他就把儿子带去急诊室。那时大概七点半。当时电梯里还没有拉贝克拉先生。

除了尸体是在电梯里以外，关于死者，蒙塔巴诺已经弄清了两点：第一，他是个体面的人，但是肯定生活不愉快；第二，他是在电梯内遇害的，时间在七点三十五到八点之间。

这桩罪行必然会引起住户们的恐慌，但犯人还是做了，这就意味着此案并无预谋，而是冲动之举。

没有进一步的线索了。回到警局，警长想了想刚才的情况，然后看了一眼手表。已经两点了！怪不得这么饿。于是他叫来了法齐奥。

"我要去卡罗杰诺餐厅吃午饭。如果奥杰洛到了，让他来找我。还有件事：在死者家门口派一名守卫。我到之前别让她进。"

"别让谁进？"

"死者的妻子，拉贝克拉夫人。皮奇里洛母女还在局里吗？"

"是的，警长。"

"放她们回家吧。"

"怎么跟她们说呢？"

"就说调查还在进行。让那两个正派人管好自己的嘴巴。"

3

"今天想吃点什么？"

"今天你做了什么？"

"头盘什么都有。"

"今天我不要头盘，我想少吃点。"

"主菜有酸甜酱长鳍金枪鱼和凤尾鱼酱配鳕鱼。"

"学了点法国大菜，是吧，卡诺？"

"我时不时会搞点新花样。"

"给我一大盘鳕鱼。嗯，在我等鳕鱼的时候，再给我做一盘海鲜开胃菜。"

他现在有点怀疑：这顿饭算少吃吗？但他没再管这个问题，而是顺手拿起一份报纸。报纸上说，政府的"小规模"经济调控措施涉及的总额不是 150 亿里拉了，而是 200 亿。看来物价上涨是肯定的了。天然气、香烟也在涨价之列。南部地区的失业率简直惨不忍睹。在发动了一场抗税运动后，北方联盟[1]决定让多名地方长官下台。这是分离主义的第一步。那不勒斯附近一个镇子

---

1 译者注：意大利的一个极右翼政党。

上的三十名年轻人持枪抢劫了一名埃塞俄比亚姑娘。整个镇子都在维护施暴者：她不仅是个黑人女孩，还是个妓女。一名八岁男孩上吊自杀了。三名涉案儿童被逮捕，平均年龄只有十二岁。一名十二岁的男孩曾在赌命游戏中打过他的头。一名嫉妒心很重的八十岁老人……

"开胃菜来啦！"

又是一个好消息。再看几条新闻就能咽下肚了。随后，八盘鳕鱼上来，足有四人份的量。这些鳕鱼好像在呼喊着自己的喜悦之情，因为它们的烹饪方式正符合神的律令。每一条鱼都是如此完美。面包糠刚刚好，凤尾鱼和蛋液的比例也恰到好处。

他咬了一口，但没有马上咽下，而是让味道慢慢散开，再到舌头和上颚处汇聚，充分享受这份美味的礼物，然后才吞下。这时，奥杰洛来到了桌前。

"坐下。"

奥杰洛便坐了下来。

"我想来一点。"他说。

"你想干什么就干，但是别说话。这是我的肺腑之言，对你有好处。无论有什么原因，别说话。如果你在我吃这盘鳕鱼的时候打扰我，我就扭断你的脖子。"

"来一份蛤蜊意面。"当卡罗杰诺经过的时候，米米平静地说道。

"白酱还是红酱？"

"白酱。"

等餐的时候，奥杰洛拿过来警长看过的报纸。意面上来的时候，蒙塔巴诺恰好吃完了鳕鱼。米米接着在盘子里撒了大量帕尔马干酪，所以蒙塔巴诺对这盘意面完全不感兴趣。天哪！甚至连吃腐肉的土狼看到这样一盘蛤蜊意面都会作呕！

"你是怎么跟局长说的？"

"你指什么？"

"我只是想知道，你有没有拍他的马屁。"

"你到底在想什么？"

"得了吧，米米，我了解你。你这么盯着突尼斯人被机枪打死的案子，不就是想给人家留个好印象吗？"

"这是我的职责所在，因为当时联系不上你。"

很显然，帕尔马干酪还不够多，米米又加了两勺，最后还撒了些胡椒碎。

"你是不是跪着爬进局长办公室的呀？"

"住口，萨尔沃！"

"为什么要我住口？你从不放过任何一个从我背后捅刀子的机会！"

"我？背后捅你刀子？听着，萨尔沃，这四年里，要是我真的想捅你刀子，你肯定会被发配到撒丁岛上最烂的警局，而我最起码也能当个副警长。你知道你是个什么吗，萨尔沃？你就是个满身是孔的筛子，而我永远是那个给你堵窟窿的人。"

他说得没错。蒙塔巴诺叹了口气，用另一种语气说道：

"至少告诉我发生了什么。"

"我写了份报告，所有情况都在报告里。来自马扎拉港的'圣帕德雷'号机动渔船上有六名船员，其中一名是突尼斯人。他是第一次出海，真是可怜。很正常！我又能怎么说呢？一艘突尼斯巡逻艇要求渔船停靠，遭到拒绝，于是巡逻艇开火了。这次有一点不一样：死人了。而且，我觉得突尼斯人要比任何人都感到难过。他们本来只是想上船，然后狠狠地敲诈船主一笔。之后就是船主跟突尼斯政府的事了。"

"那我们的呢？"

"我们的什么？"

"我们的政府。他们没有出现吗？"

"千万别！意大利政府肯定会走外交渠道，浪费我们所有人的时间，没完没了。你也知道，渔船被扣留得越久，船主挣得就越少。"

"但突尼斯海岸巡逻队从中得到了什么？"

"油水，就像咱们镇里的大多数警察一样。当然是非官方的。船主，也就是'圣帕德雷'号的船长，说袭击他们的是'拉密'号。"

"'拉密'号是什么？"

"是一艘突尼斯巡逻快艇的名字。它的船长臭名昭著，活脱脱是个海盗。但是因为有人今早遇害，我国政府被迫介入。地方长官要求做一份详细报告。"

"那他们为什么麻烦我们？直接在马扎拉处理不好吗？"

"那个突尼斯人并没有马上断气，最近的港口就是维加塔。不管怎样，那个可怜人最后没挺住。"

"他们有没有用无线电呼救？"

"有。他们联系了'闪电'号，一艘经常在咱们港抛锚停泊的巡逻艇。"

"你怎么说的？"

"怎么了？我刚刚说了什么？"

"你刚刚说'抛锚停泊'。你是不是在给地方长官的报告里也这么写了？地方长官是个吹毛求疵的人。我都能想到他看到这句话的反应！你完了，米米。你把自己害了。"

"那我该怎么写？"

"你应该写'停泊'或者'停驻'。'抛锚停泊'意味着在公海上抛锚。有本质上的区别。"

"哦！天哪！"

地方长官名叫迪特里希，出生在博尔扎诺[1]。大家都知道，他连帆船和巡洋舰都分不清楚。奥杰洛在这件事上出了纰漏，蒙塔巴诺却在为这小小的胜利窃喜。

"别担心。结果如何？"

"'闪电'号半小时内到达现场，但没有发现任何迹象。他们在现场附近巡视了一圈，什么都没发现。这也是港务局通过无线电获取的消息。至于细节，得等我们的巡逻艇回来。"

"切！"警长看起来有些怀疑。

"怎么了？"

---

1 译者注：位于意大利北部阿尔卑斯山区。

"我不懂，为什么意大利政府要管突尼斯人杀突尼斯人的事？"

米米吃惊地张大嘴巴，盯着警长。

"你知道吗，萨尔沃，我知道我说了蠢话，不过你可真是不说则已，一说惊人啊！"

"切！"蒙塔巴诺又发出了这种声音，丝毫没感觉自己说了什么蠢话。

"所以，那个死人怎么办？就是在电梯里发现的那个。你能跟我说说那是怎么回事吗？"

"我不会告诉你任何事。那个死人的案子是我的。你处理突尼斯人的案子，我处理维加塔的案子。"

奥杰洛心想，希望天气能好起来，否则谁能忍受得了他呢？

※

"你好，蒙塔巴诺警长吗？我是马提尼。"

"您需要我做什么，少校？"

"我要通知你上级的决定——我也无异议——即渔船事件由马扎拉的港务局处理。'圣帕德雷'号需要即刻启程。你的人需要进一步调查这艘船吗？"

"不需要。我觉得应该遵从你上级的英明决定。"

"那就不多说了。"

※

"我是蒙塔巴诺，局长。请允许我……"

"有什么消息吗？"

"不，没什么消息。我只是有一些，嗯，程序上的顾虑。马扎拉港务局的马提尼少校刚刚打来电话，说他上级决定将突尼斯人被枪杀一案转交马扎拉。所以，我在想，我们是不是也……"

"好，我知道了，蒙塔巴诺。我认为你说得对。我会立刻给特拉帕尼地方长官打电话，告诉他我们会取消调查。如果我没记错的话，马扎拉的副地方长官很有见识。让他们干吧。这件案子是不是你直接经手的？"

"不是，是我的副手奥杰洛。"

"告诉他，我们会把解剖和弹道报告送往马扎拉，但会给他留一份复印件，让他了解进展。"

※

蒙塔巴诺踢开了米米·奥杰洛办公室的门，伸出右手，紧握拳头，用左手抓住右手前臂。

"看这里，米米。"

"什么意思？"

"意思就是，渔船枪杀案的调查已经转交给了马扎拉。你现在没事做了，可我还有电梯谋杀案要查。我有案子查，而你没有了。"

他现在心情好多了。风停了，天也晴朗了。

※

大约下午三点的时候，加洛警官在去世的拉贝克拉先生家门口站岗，等待拉贝克拉夫人回来。此时，他发现库里奇安家的门打开了，库里奇安走到加洛面前，小声说道：

"我妻子已经睡着了。"

听到这，加洛不知道该怎么回。

"我是库里奇安，那个警长知道我。你吃了吗？"

加洛的胃饿得拧作一团，于是摇摇头说："没吃。"

库里奇安转身回家，然后很快拿着一盘面包卷、一大片羊奶干酪、五片蒜味腊肠和一杯白葡萄酒回来了。

"这是科尔沃白葡萄酒。警长给我买的。"

半小时后，他又回来了。

"我给你带了份报纸，好打发时间。"

※

当晚七点半，整座楼临街一侧的每一个阳台、每一扇窗户都站满了人，等着拉贝克拉夫人回来。她还不知道自己已经成了寡妇。这是一出两幕剧。

第一幕：拉贝克拉夫人走下从菲亚卡开来的公交车，此时是七点二十五分。五分钟后，她会出现在街道尽头。众目睽睽之下，她看上去不爱交际，很有自制力，而且不知道将会有一颗重磅炸弹在她头顶爆炸。第一幕是第二幕展开的必备一环。在第二幕中，人们会迅速离开阳台和窗户，到楼梯平台和楼梯上。当她听到站岗警察说明她为什么不能回自己的家时，她知道自己成了寡妇，于是像圣母玛利亚一样撕扯自己的头发，失声痛哭，捶胸顿足。周围的人都上来劝阻，但无济于事。

但是这一幕并未上演。

事实并未如此。拉贝克拉夫人并不是从陌生人口中得知丈夫死讯的。楼上的保安夫妇告诉了她一切。为了这一刻，保安穿上了炭灰色制服，他妻子一袭黑衣，在公交车站等着拉贝克拉夫人回来。她一下车，他们便朝她走去，脸色和服色正相配：一个灰色，一个黑色。

"怎么了？"拉贝克拉夫人警觉地问道。

每一个西西里妇女，不分阶层，无论贫贱，只要上了五十岁，就会随时等待着最坏的事情发生。什么最坏的事情？任何事情，只是肯定是最坏的事情。拉贝克拉夫人严格地遵循着这一点。

"我丈夫发生什么事了吗？"她问。

拉贝克拉夫人自己猜到了事实，科森蒂诺夫妇只好顺着她说。他们两手摊开，露出抱歉的神情。

但拉贝克拉夫人却说了出乎意料的话。

"是被谋杀的吗？"

科森蒂诺夫妇再次摊开双手。

拉贝克拉夫人变得步履蹒跚，但仍然往前走。

站在窗前和阳台上的人们看到这一幕，心下不免有些失望。他们看到拉贝克拉夫人走在科森蒂诺夫妇中间，谈吐十分冷静。她详细地描述了在菲亚卡的姐姐的手术情况。

黑夜中，事情就这样发展着。七点三十五分整，加洛听到电梯在他这一层停下了。他立刻站了起来，回想了一下该对伤心的女士说什么，然后往前走了一步。电梯开了，一位男士走了出来。

"我是朱塞佩·科森蒂诺。拉贝克拉夫人还要缓一缓，所以先让她到我家待一会儿。请通知警长。我住在六楼。"

※

拉贝克拉家收拾得很整洁。客厅、卧室、书房、厨房和卫生间，一切都井然有序。书房的桌子上放着拉贝克拉先生的钱包，里面有他所有的证件和十万里拉。蒙塔巴诺自言自语道，拉贝克拉先生已经去了一个不需要身份证、信用卡或现金的地方了。他坐在桌后面的椅子上，打开一个个抽屉。左边第一个抽屉里放着邮票、背面印制着"奥雷利奥·拉贝克拉有限公司"的信封、铅笔、圆珠笔、橡皮、过期邮票和两串钥匙。寡妇解释说，一串钥匙是家里的，另一串是她丈夫办公室的。第二个抽屉里只有一些用线捆起来的信，都发黄了。右边第一个抽屉里有令人惊讶的发现：一把全新的贝雷塔手枪，两个备用弹夹和五盒子弹。如果拉贝克拉先生想的话，他完全可以大开杀戒。最后一个抽屉里有几个灯泡、刮胡刀片、几卷线和一些橡皮筋。

此时，加鲁佐已经接了加洛的班。警长告诉加鲁佐将武器和子弹带回局里。

"然后检查一下手枪是否登记过。"

书房里弥漫着一股放了很久的陈腐的香水味，灰蒙蒙的，跟焚烧了麦秆似的，气味太呛人了。警长一进来就打开了窗子来通风。

寡妇坐在客厅的扶手椅上，看起来完全漠不关心，就像坐在火车站的候车室里一样。

蒙塔巴诺也坐下来，这时门铃响了。拉贝克拉夫人立刻站起来，但警长示意她别去应门。

"加鲁佐，你去看看是谁。"

门打开后，他们听到有人在窃窃私语。就在此时，加鲁佐回来了。

"住在六楼的人说有话对您说。他说自己是保安。"

科森蒂诺穿着制服。他马上要去上班了。

"抱歉，打扰一下，我有些情况要说——"

"什么情况？"

"您知道吗？拉贝克拉夫人下车得知她丈夫去世后问我们，她丈夫是不是被人谋杀的。但是，如果有人跟我说我妻子死了，我肯定不会这么想，我绝不会想到她是被人谋杀的。除非我早有准备。我不知道我说清楚了没有……"

"非常清楚。谢谢。"蒙塔巴诺说。

他回到客厅，发现拉贝克拉夫人好像被定住了。

"夫人，你有孩子吗？"

"有。"

"几个？"

"一个儿子。"

"他住在这里吗？"

"不。"

"他是做什么工作的？"

"医生。"

"他多大了？"

"三十二。"

"你应该告诉他。"

"我会给他打电话的。"

第一轮谈话结束了。当谈话继续的时候，寡妇首先发问了。

"他是被枪杀的吗？"

"不是。"

"是被勒死的吗？"

"不是。"

"那凶手是用什么把他杀死在电梯里的？"

"用刀。"

"菜刀？"

"也许吧。"

寡妇站起来，走进厨房。警长听到她开关抽屉，然后又回来坐下。

"家里没少东西。"

警长继续问话。

"你为什么会觉得刀是你家里的？"

"只是猜测。"

"你丈夫昨天做了些什么？"

"像往常的周三一样，去办公室。他每周一、三、五去。"

"他的日程是怎么安排的？"

"早上十点出发，下午一点回家吃午饭，然后小睡一会儿，三点半回去上班，六点半下班。"

"他回家都做些什么？"

"他坐在电视前，一动不动。"

"他不去办公室的那几天呢？"

"一样，坐在电视前。"

"今天是周四，所以今天早上你丈夫应该在家。"

"是的。"

"但是他今天是穿戴整齐出门的。"

"是的。"

"你觉得他会去哪儿？"

"他什么都没跟我说。"

"你离开家的时候，你丈夫是否醒了？"

"没有，他还睡着。"

"那你不觉得奇怪吗？你一走，他就马上起床，匆忙穿上衣服，然后……"

"他也许接到了电话。"

寡妇很肯定。

"你丈夫是否还有很多生意上的往来？"

"生意？他几年前就不做生意了。"

"那他为什么还按时去办公室？"

"每次我这么问他，他就说去看苍蝇。他就是这么告诉我的。"

"也就是说，昨天你丈夫从办公室回来之后没发生什么反常的事？"

"是的。至少到昨晚九点之前没什么反常的。"

"昨晚九点发生了什么？"

"我吃了两片劳拉西泮，然后睡得很沉。即使房子塌了，我都不会醒。"

"所以，如果拉贝克拉先生九点之后接了电话或者有人造访，你都不会知道。"

"当然不知道。"

"你丈夫有什么死对头吗?"

"没有。"

"你确定?"

"是的。"

"有什么朋友吗?"

"有一个。卡瓦列雷·潘多尔夫。他们每周二通个电话,然后到阿尔巴纳斯咖啡厅聊天。"

"你有没有怀疑谁可能会……"

寡妇打断了他。

"怀疑?不仅是怀疑,我认为就是。"

蒙塔巴诺从扶手椅上跳了起来。加鲁佐小声说了句"该死!"

"是谁?"

"还能有谁?警长,肯定是他的情人。她叫卡里玛,名字里有字母 K。她是突尼斯人。他们每周一、三、五在办公室约会。那个贱人假扮成清洁工到办公室找他。"

4

去年的第一个星期日是五号，寡妇说。那个重要的日子在她脑海里挥之不去。

总之，中午在教堂参加过弥撒后，开家具店的克卢拉夫人向她走来。

"夫人，请告诉您丈夫，他要的东西明天到。"

"什么东西？"

"沙发床。"

拉贝克拉夫人道谢之后回到了家，头疼得像被钻了洞一样。她丈夫买沙发床做什么？虽然她十分好奇，但没问她丈夫一个字。长话短说，那个沙发床从来没到过家里。两周后，拉贝克拉夫人去找克卢拉夫人。

"你知道，沙发床的颜色和墙的颜色不搭。"

谈话开门见山。

"抱歉，夫人。但是您丈夫告诉我，他想要和壁纸颜色一样的墨绿色。"

我丈夫办公室的壁纸是墨绿色的。所以，沙发床本来就是给他办公室买的。真无耻！

当年的六月十三日，这个日子深深地刻在她的脑海中，她收到了第一封匿名信。六月份到九月份之间，她总共收到了三封。

"我可以看看吗？"蒙塔巴诺问。

"我烧了。我不留脏东西。"

三封匿名信都是用报纸上剪下来的字母拼成的。信的内容也都一样：你的丈夫阿雷利奥每周一、三、五都与一个叫卡里玛的突尼斯荡妇约会。那个女人上午或下午去他办公室。有时还会在附近购买清洁用品，但所有人都知道她和阿雷利奥先生在做下流的事。

"那你怎么……证明这些话是真的？"警长对这类情况的处理很老练。

"您的意思是问我，是否曾经在那个荡妇进出我丈夫的办公室的时候监视过他们？"

"嗯，可以这么说吧。"

"我才不会屈尊干这种事呢。"寡妇骄傲地说，"但是我发现了证据——一条脏手帕。"

"有口红印？"

"没有。"她使劲挤出了这句话，脸变得有点红。

"我还发现了内裤。"她停了一下继续说，脸更红了。

※

蒙塔巴诺和加鲁佐到达萨里塔·葛兰言街时，又短又斜的街上仅有的三家店已经关门了。28号是一座小楼，一楼有三级台阶，一共有三层楼高。大门一侧有三块名牌。第一块上面写着：阿雷利奥·拉贝克拉进出口贸易公司，一楼；第二块写着：奥拉齐奥·坎纳特鲁公证处，二楼；第三块写着：安吉洛·贝利诺咨询公司，顶楼。蒙塔巴诺拿着从拉贝克拉书房拿来的钥匙，打开了公司的门。前屋是一间像样的办公室，摆着一张十九世纪的办公桌，黑色桃花心木做的。屋里还有一张秘书办公桌，上面放着一台二十世纪四十年代的好利牌打字机，还有四个大金属书柜，装满了旧文件。桌子上还有一台多功能电话。屋里放着五把椅子，但是有一把坏了，倒着放在角落里。后屋里……后屋贴着熟悉的墨绿色壁纸，看上去和前厅简直不属于一间房子。里面闪亮洁净，放着一个大沙发床、一台电视、一台电话分机、一套立体音响、放了好多瓶酒的鸡尾酒餐车、一台迷你冰箱。沙发上铺着一幅可怕的裸女图，屁股冲着外边。沙发旁边有一个小茶几，上面有一盏雕琢的新艺术风格的台灯，茶几的抽屉里塞满了各种各样的避孕套。

"这家伙多大了？"加鲁佐问。

"六十三岁。"

"天哪！"加鲁佐发出了由衷的敬佩。

卫生间就像后屋一样，是墨绿色的壁纸，亮闪闪的，墙上挂着吹风机，有花洒的浴缸，还有一面落地镜。

他们回到前屋，彻底地检查了办公桌的抽屉，查看了一些文件。最近的往来文件是三年前的。

这时，他们听到楼上有脚步声，是坎纳特鲁公证处传来的。但是公证人的秘书告诉他们，坎纳特鲁先生不在。这位秘书年约三十，瘦得跟麻秆一样，神色阴沉。他说，近年来，拉贝克拉先生到办公室只是为了打发时间，同时一位突尼斯美女会来做保洁。噢，他还差点忘了，最近几个月里，拉贝克拉经常收到侄子的邀请，至少有一次三人在大门口遇到时，他是这么跟这位秘书介绍的。他的侄子大约三十岁，高个儿，黑皮肤，穿着考究，开着一辆金属灰色宝马车。他肯定在国外待过很长时间，因为他的口音很奇怪。但是他不记得那辆宝马车的车牌号了，也没太注意。

突然，这个瘦瘦的年轻人表现出了一种神情，就像是地震之后盯着废墟看一样。他说自己能想起那个人的准确样貌。

"那人长什么样？"蒙塔巴诺问道。

"就是一个普通的底层年轻人，需要钱满足毒瘾的那种。"

警察们回到楼下，用拉贝克拉先生的公司电话给拉贝克拉夫人打了过去。

"抱歉，我想知道，你为什么没跟我们提到你们有一个侄子？"

"因为我们没有侄子。"

※

"走，回他的办公室。"刚开到警察局附近，蒙塔巴诺突然冒出了一句。加鲁佐不敢问原因。到了拉贝克拉办公室里墨绿色的卫生间，警长仔细闻了闻毛巾，深吸了口气，然后迅速翻查水池边上的柜子。他发现了一小瓶霍露特牌香水，把它递给了加鲁佐。

"倒点这个出来。"

"倒在哪里？"

"还能倒在你屁股上吗？"警长骂了他一句。

加鲁佐在脸颊上轻轻拍了点这种香水，蒙塔巴诺把鼻子凑到加鲁佐喷过香水的地方狠狠吸了一口气。就是这个味道：焚烧麦秆的味儿，他在拉贝克拉家的书房里闻过。为了确认，他又仔细闻了闻。

加鲁佐尴尬地笑了笑。

"嗯，警长，如果有人看到咱们俩……谁也不知道他们会怎么想。"

警长没回话，径直走向电话。

"您好，是夫人吗？抱歉，再次打扰你，你丈夫用什么香水吗？不用，是吗？好的，谢谢。"

※

加鲁佐走进蒙塔巴诺的办公室。

"拉贝克拉的贝雷塔手枪是在去年十二月八日登记的。因为他没有持枪执照，所以只能把枪放在家里。"

警长认为，如果他决定买枪，肯定会遇到令他头疼的事。

"我们该怎么处理这把枪？"

"留下。听着，加鲁佐，这是拉贝克拉办公室的钥匙。我要你明天一大早就过去，在那里等着。尽量别让任何人看到你。如果那个突尼斯女孩还不了解情况，她明早应该按原来的时间去办公室，因为明天是周五。"

加鲁佐一脸痛苦。

"她应该听说这事了。"

"为什么？谁会告诉她？"

警长认为加鲁佐是在推脱。

“我不知道……肯定会有人说漏嘴的……”

“啊，你没跟你那个记者小舅子说吧？你要是说了……”

“警长，我发誓，我什么都没跟他说。”

蒙塔巴诺相信他。加鲁佐并非撒谎不眨眼的人。

“好吧，那你去拉贝克拉的办公室吧。”

※

“是蒙塔巴诺吗？我是亚科穆齐。我想告知你鉴定结果。”

“哦，天哪，亚科穆齐，稍等一下，我的心在怦怦跳。天哪，太激动了！……好，我平静点了，请用您无与伦比的官腔‘告知’我结果吧。”

“除了你是一个无药可救的混蛋之外，就是那个烟头，是无滤嘴的国民牌的，很普通。我们从电梯地板上收集的烟灰也没什么特别之处。然后是那小条木头……”

“只是一根火柴。”

“是的。”

“我不知道说什么，几乎喘不上气来——事实上，我感觉自己要得心脏病了！你把犯人送到我这儿来了！”

“滚一边儿去，蒙塔巴诺。”

“还是听你说比较好。他的衣服兜里有什么？”

“一块手帕和一串钥匙。”

“那把刀子有什么情况？”

“是一把厨房用刀，很常用的刀子。在刀片和刀把中间，我们发现了一片鱼鳞。”

"你没做进一步检查吗？是鲻鱼鳞还是鳕鱼鳞？继续查，别吊我的胃口。"

"你到底怎么了？"

"亚科穆齐，能不能动动你的脑子？如果我们在撒哈拉沙漠，你告诉我，你发现一把杀了一名游客的刀上有鱼鳞，那这片鱼鳞可能——我是说可能——会意味着什么。可这件事发生在维加塔，全市人口两万，每天一万九千九百七十人都会吃鱼！"

"那其他三十人不吃鱼吗？"亚科穆齐愣了一下，好奇地问。

"因为剩下三十人是新生儿。"

※

"喂？我是蒙塔巴诺。我找帕斯夸诺医生。"

"请稍等。"

他一边等一边开始哼歌：我想说，是我做的……

"喂？警长。十分抱歉，医生现在正对在科斯塔比安卡发现的两具四肢被捆住的男尸进行尸检。但是医生让我告诉你，被害者生前非常健康，如果没有遇害，肯定能长命百岁。他身上只有一处刺伤，手持用力刺入。遇害时间在今早七点到八点之间。你还想知道什么其他信息？"

※

他在冰箱里发现了西兰花意面，然后放进了微波炉加热。阿德莉娜给他做的第二道菜是薄肉片卷金枪鱼。他算了算，这顿不算多，所以打算都吃掉。然后他打开电视，调到自由频道。他的好朋友尼科洛·齐托在那儿工作。齐托长着一头红发，好奇心极其旺盛，正在解说突尼斯人在"圣帕德雷"号上遇害的案子。此时镜头放大，画面中出现了弹痕累累的驾驶舱和木头上的黑点，可能是血迹。突然，亚科穆齐出现在镜头里，跪在地上用放大镜查看着什么。

"真是个小丑！"蒙塔巴诺嚷了一句，然后换到维加塔电视台。加鲁佐的小舅子在那儿工作。亚科穆齐也出现在这个台的节目里，但是不在渔船上。现在他正假装在拉贝克拉遇害的电梯里取指纹。蒙塔巴诺咒骂着起身，将一本书狠狠地扔向墙壁。这就是加鲁佐保持沉默的原因！加鲁佐知道新闻已经传开了，但是没勇气告诉他。毫无疑问，把案子捅给记者的就是亚科穆齐，这样他就能像往常一样炫耀了。他就知道自吹自擂。他的暴露癖只有三流演员或者渴望出名的作家能比得上。

现在，电视台的政治评论员皮波·拉贡涅丝出现在了屏幕上。他想探讨突尼斯人袭击意大利机动渔船一事。当时渔船和平地在神圣不可侵犯的意大利国土内捕鱼。当然不是真的"土地"，而是领海，但仍是意大利的一部分。目前的左翼政府回应迟缓，如果是一个更坚强的政府在位的话，必将对挑衅予以有力回击——

蒙塔巴诺关上了电视。

※

蒙塔巴诺对亚科穆齐"英明"举动的气愤之情毫无消减之意。他坐在朝向沙滩的阳台上，在月光下注视着大海，连续抽了三根烟。也许只有利维娅的声音能让他平静下来，进入梦乡。

"利维娅，你好吗？"

"一般。"

"我今天糟透了。"

"哦，是吗？"

利维娅这是怎么了？然后他想起了那天早上的那通电话以刺耳的话结束。

"请你原谅我的粗鲁。但这不是我打这通电话的主要原因。你应该知道我有多想你……"

他突然感觉这样做显得有点夸张。

"你想我？真的吗？"

"是的，非常想。真的。"

"听着，萨尔沃，我坐周六早上的飞机好不好？那样应该在午饭之前就到维加塔了。"

他感觉很糟糕。他现在最不想见到利维娅。

"不，不，亲爱的，这样太麻烦你了……"

她那股劲要是上来了，简直比卡拉布里亚人还要疯狂。她说了周六早上，那就是周六早上。蒙塔巴诺意识到，自己明天应该给局长打电话了。再见了，墨鱼汁意面。

※

第二天上午局里没什么事，于是警长十一点才带着人慢悠悠地向萨里塔·葛兰言街走去。街上第一家商店是面包房，已经开了六年了。面包师傅和助手都已经听说 28 号楼里的一个老板被人杀了，但不知道被害人到底是谁，也没见过被害人。蒙塔巴诺觉得这是不可能的，于是越发疾言厉色，直到他意识到，拉贝克拉从家里上班是从街的另一头过来。26号楼是一家杂货店，老板倒是认识拉贝克拉先生，但是他是怎么认识的？杂货店的店员还知道那个叫卡里玛的漂亮的突尼斯女孩。提到她，店员和客人都互相交换了诡异的眼神，相视一笑。这些人当然不会出庭作证，但警长也能理解，这样一个漂亮女孩，跟着拉贝克拉那样穿着讲究的男士独处一室……是的，他确实有一个侄子，一个傲慢的人，经常把车停到杂货店正门口。有一次，大概有三百磅重的奇凯夫人卡了在了车和商店大门的中间……车牌号？没有，记不得了。如果是老式车牌，用 PA 表示巴勒莫，或者用 MI 表示米兰，那情形就又不同了。

这条街的第三家，也是最后一家商店是卖电器的。店主安吉洛·兹克纳（门牌上写着）站在柜台后，读着报纸。当然，他知道有人遇害的事。他的店开了有十年了。拉贝克拉先生经过他的店时——最近几年只有每周一、周三、周五——总会跟他打招呼。他感觉拉贝克拉是个好人。是的，电器店主也看到过那个突尼斯女孩，长得很漂亮。还有拉贝克拉先生的侄子也时不时露面。他侄子的朋友也时不时会来。

"什么朋友？"蒙塔巴诺惊讶地问。

兹克纳先生肯定至少见过这个朋友三次。这个朋友和拉贝克拉的侄子一起出现，到28号楼去了。大约三十岁，金发，微胖。关于这个朋友就这么多信息。汽车牌照？他是在开坑笑吗？就现在这种牌照，连车主是土耳其人还是基督徒都看不出来……一辆金属灰色的宝马。要是他还说了别的，肯定都是编的。

警长按下拉贝克拉办公室的门铃，没人应答。加鲁佐站在门后，显然是在想如何回应好。

　　"我是蒙塔巴诺。"

　　门立刻开了。

　　"突尼斯女孩还没来。"加鲁佐说。

　　"她不会来了。你是对的，加鲁佐。"

　　加鲁佐目光下移，感觉很困惑。

　　"是谁走漏了风声？"

　　"亚科穆齐。"

　　为了打发时间，加鲁佐在蹲守的时候整理了一下。他手头有一摞《周五共和报》过刊。这份铜版纸杂志每周五出版，是《罗马日报》的副刊。它们原本整整齐齐地摆在书架上，书架上还有少量文件。加鲁佐把杂志摊开在桌面上，满眼都是衣着暴露的女性照片。后来，他实在看得烦了，就抽出了一本杂志，玩起了里面的填字游戏。

　　"难道这又是该死的一天吗？"他沮丧地说。

　　"恐怕是这样的。你必须尽力而为。听着，我得借用一下拉贝克拉先生的卫生间。"

　　蒙塔巴诺每天的排便时间比较固定。也许是前天晚上看了亚科穆齐在电视上愚蠢的表演，动了肝火，所以打乱了消化节奏。

　　他坐在坐便器上，像往常一样发出满意的叹息声。就在此时，他的注意力转移到了一分钟前看到但当时没有太在意的东西上。

　　他踮着脚尖，迅速走进旁边的屋里，一只手提着他的裤子和内裤。

"站住！"他给加鲁佐下令。加鲁佐吓了一跳，脸一下子刷白，马上把双手举了起来。

就是它，在加鲁佐的手肘旁边：一个加粗的黑色字母 R，是小心翼翼从报纸上剪下来的。不，不是从报纸上，而是从杂志上：因为纸质很光亮。

"发生了什么？"加鲁佐努力挤出了一句话。

"有可能是个线索，也有可能什么都不是。"警长回答道，声音听上去像一位库迈女巫。

他提起裤子，系紧腰带，拉好拉链，拿起电话。

"抱歉打扰您，夫人。您是几号收到第一封匿名信的？"

"去年六月十三号。"

他道谢后挂了电话。

"帮我一把，加鲁佐。咱们一块儿把杂志整理好，看看有没有缺页。"

他们找到了：六月七日那期，有两页被撕掉了。

"继续找。"警长说。

七月三十日的那期也少了两页。九月一日那期也是如此。

那三封匿名信是在这间办公室制作的。

"现在，恕我失陪。"蒙塔巴诺礼貌地说。

加鲁佐听到他正在卫生间里唱歌。

5

"局长先生吗？我是蒙塔巴诺。我很抱歉，明天晚上不能到您家里用晚餐了。"

"为什么道歉？是因为见不到我们呢，还是吃不上墨鱼汁意面？"

"都有。"

"好吧，如果是因为工作，我也实在不能……"

"不，不是因为工作……是因为我临时有事，一天一夜，和我的……"

未婚妻？这听上去像十九世纪的说法。女朋友？可年龄上合适吗？

"同伴？"局长提出了一个说法。

"是的。"

"利维娅·布兰多小姐一定是非常喜欢你才肯忍受漫长乏味的旅途过来，跟你待二十四个小时！"

他从未在上级跟前提起过利维娅，因为他尚未将两人的关系公之于众。甚至在他因枪伤住院的时候，他们都没见面。

"听着，"局长说，"为什么不把她介绍给我们呢？我妻子很乐意认识她。明天晚上带她来我家。周六晚上嘛，放松些就好。"

※

"是警长本人吗？"

"是的，夫人。我就是。"

"关于昨天早上被杀的那个男的，我知道一些事，想跟你说说。"

"你认识他？"

"是，也不算是。我从没和他说过话。事实上，我昨天才在电视上知道他的名字。"

"夫人，请你告诉我，你将要和我说的事很重要吗？"

"我认为重要。"

"好吧。今天下午五点左右来我办公室。"

"抱歉，我去不了。"

"好吧，那明天过来。"

"明天也去不了。我瘫痪在床。"

"我知道了。如果你觉得方便，我现在就去找你。"

"我一直在家。"

"夫人，你住在哪里？"

"萨里塔·葛兰言街23号。我叫克莱门蒂娜·瓦西里·柯佐。"

※

赴约途中走到科尔索大街时，他听到有人在叫他。是马提尼少校。他正和一位年轻军官坐在阿尔巴纳斯咖啡厅里。

"我给你介绍一下，这是皮奥维赞中尉，'闪电'号船长，那个巡逻艇……"

"我是蒙塔巴诺，很高兴见到你！"警长说。但是他一点儿都不高兴。他已经不管这个案子了，怎么还来拉他下水？

"一起喝杯咖啡吧。"

"事实上，我很忙。"

"就五分钟。"

"好吧，但是我不喝咖啡。"

他坐了下来。

"你告诉他。"马提尼对皮奥维赞说。

"在我看来，他们都不对。"

"什么不对？"

"渔船的事我全都搞清楚了，实在让人难以接受。我们凌晨一点收到了'圣帕德雷'号的求救信号。他们给出了具体位置，还说正被'拉密'号巡逻艇追踪。"

"他们的具体位置在哪里？"警长问。

"就在意大利领海的外边。"

"然后你就赶到了现场。"

"事实上，'疾光'号巡逻艇离他们更近。"

"那为什么不让'疾光'号去救援？"

"因为一小时之前，一艘渔船因漏水发出了求救信号。'疾光'号向'奔雷'号发出信号，令其后备支援，因此这一大片海域无人守卫。"

闪电、疾光、奔雷。蒙塔巴诺认为，海岸警卫队总是遇到坏天气。

但他说：

"显然，他们没有发现遇到危险的渔船。"

"显然，我也是到了现场才发现，根本没有'圣帕德雷'号或'拉密'号的踪影，这两艘船当晚根本就没出海。我不知道该怎么想，但是这件事让我觉得很糟糕。"

"为什么？"

"因为有人在走私。"

警长站了起来，摊开双手，耸耸肩，说道：

"那我们能做什么呢？特拉帕尼和马扎拉的人已经在负责此案调查了。"

真是个好演员，蒙塔巴诺！

※

"警长！蒙塔巴诺警长！"又有人在叫他。难道天黑之前他都没法见到瓦西里·柯佐夫人（或者小姐）了吗？他转过身，发现加洛追了上来。

"什么事？"

"没什么。我就是看到你路过，跟你打个招呼。"

"你要去哪儿？"

"加鲁佐给我打电话，让我去拉贝克拉的办公室。我要先去买几个三明治，然后去找他。"

萨里塔·葛兰言街 23 号正对着 28 号。两栋楼完全相同。

※

克莱门蒂娜·瓦西里·柯佐是一位穿着讲究的七十岁的女士，

坐在轮椅上。公寓窗明几净。蒙塔巴诺跟着她走近一扇带窗帘的窗户。她示意警长拿把椅子坐在她面前。

"我是个寡妇，"她开始讲述，"但是我儿子朱利奥有求必应。我已经退休了，曾经是一名小学老师。儿子请了一个管家照顾我的起居，打扫公寓。她每天来三次，分别是早上、中午和晚上就寝的时候。我的儿媳妇像我女儿一样，和我儿子朱利奥一样，每天至少过来看我一次。除了六年前在我身上发生了这件不幸的事，其他我没什么好抱怨的。我听广播、看电视，但还是看书多。你看，就像这样。"

她把手伸向两个书柜，里面装满了书。

所以这位夫人——现在更加清楚了，不是小姐——什么时候能进入正题？

"我说这些是想告诉你，我不是那些喜欢八卦的老女人，整天只会盯着别人家的闲事。但是，我时不时会看到一些我本不想看到的事。"

这时，她扶手下的无线电话响了。

"朱利奥吗？是的，警长已经来了。不，我什么都不需要。回头见，拜拜。"

她看着蒙塔巴诺笑了笑。

"朱利奥不同意我联系你。他觉得这事跟我无关，不想让我卷进去。几十年来，那些伟大的人物反复告诉我们，黑手党不关我们的事。但是我教我的学生'避而不见，充耳不闻'的态度是最致命的罪恶。所以，我现在要告诉你我所见到的一切。我应该后退一步吗？"

她无声地叹息了一下，而蒙塔巴诺却越发倾慕起她来。

"请原谅我这种闲聊的说话方式。我当了四十年老师，一直就是这样说话。习惯一直保留着，所以请你谅解。"

蒙塔巴诺像个学生一样点了点头。

"跟我来，探过身去，把头放在我的头旁边。"

当警长的头离她近到可以低声耳语的位置，她打开了窗帘。

拉贝克拉办公室的前屋就在眼前，因为窗户前的白色棉布太薄了，直接能看到里面。加洛和加鲁佐在吃三明治。那三明治看起来更像是半块面包。两人中间还有一瓶白葡萄酒和两个纸杯。瓦西里·柯佐夫人的窗户比对面的窗户稍高一点。但是出于一些奇怪的原因，对面两个人和屋里的东西看上去比实际大一些。

"冬天他们把灯打开之后，你能看得更清楚。"她边说边把窗帘拉下来。

"所以，夫人，你都看到了什么？"警长问。

克莱门蒂娜·瓦西里·柯佐向他讲述了一切。

※

她讲完后，警长准备离开。这时，警长听到了前门开关的声音。

"管家来了。"克莱门蒂娜说。

管家是一名二十岁左右的女孩，不高，很结实，一脸严肃。她打量了一番这名访客。

"一切都好吧？"她满心疑虑地问。

"哦，是的。一切都好。"

"那我去厨房把水管打开。"她说，然后走出房间，很不放心的样子。

"嗯，夫人，十分感谢……"警长站起身来。

"何不留下来一起用餐呢？"

蒙塔巴诺感觉胃空荡荡的，瓦西里·柯佐夫人又是这么好。但她每天大概只吃面条和煮土豆吧。

"实际上，我还有很多事……"

"管家碧娜做得一手好菜。相信我。今天她会做炸茄丁配意面，还有乳清干酪。"

"天哪！"蒙塔巴诺说着又坐了下来。

"第二道菜会做焖牛肉。"

"天哪！"蒙塔巴诺又发出感叹。

"你为什么这么惊讶？"

"这些菜对您来说是不是太难消化了？"

"怎么会？！我比那些整天只吃半个苹果、喝胡萝卜汁的二十岁小姑娘的胃口都好。你会不会跟我儿子朱利奥观点一样？"

"我并不想知道他是怎么看的。"

"他说，像我这样的年纪，吃这些东西显得不庄重。他为我感到丢人，觉得我就该喝粥。所以怎么样？你要留下来吃吗？"

"留。"警长斩钉截铁地说。

※

蒙塔巴诺穿过马路，走上三级台阶，敲了敲拉贝克拉办公室的门。是加洛开的门。

"我接加鲁佐的班。"他解释道，接着又说，"您是从局里来的吗？"

"不是。怎么了？"

"法齐奥打来电话，问我们看见你没有。他在找你，说有重要的事要告诉你。"

警长跑向电话。

"抱歉打扰你，警长，我们似乎取得了重大进展。您还记得昨天让我贴出卡里玛的通缉令吗？大约半小时之前，蒙特鲁萨移民局的曼库索打来电话。他说发现了这个女人的住处。"

"住在哪里？"

"在维拉斯塔，加里波第街 70 号。"

"我马上过去，咱们一起到那里去看看。"

※

在警局大门口，他被一个四十岁左右的穿着讲究的男士拦下。

"您是蒙塔巴诺警长吗？"

"是的，但是我现在很忙。"

"我已经在这里等了您两小时了。您的同事也不知道您是否回来。我是安东尼诺·拉贝克拉。"

"你是他儿子？医生？"

"是的。"

"请接受我的哀悼。进来吧。但是我只能给你五分钟时间。"

法齐奥走过来。

"车已经准备好了。"

"我们五分钟后出发。我得先跟这位先生谈一谈。"

他们走进办公室。警长请医生坐下，然后自己在办公桌旁落座。

"请讲。"

"好吧，警长。我在瓦莱多尔莫住了十五年，也在那里工作了十五年。我是儿科大夫，在瓦莱多尔莫结了婚。我说这些只是让您知道，我和父母已经很久没见面了。事实上，我们从来就不很亲近，就逢年过节聚一下。当然，我们每个月固定会通话两次。所以，去年十月份收到父亲信件的时候，我感到有些惊讶。请看。"

他伸进自己的夹克口袋，掏出信，把它递给了警长。

亲爱的尼诺：

我知道这封信会让你感到惊讶。我一直不想让你了解我的生意，但我的生意面临的威胁已经很严重了。不过，我意识到，我不应该就这样下去。因此，我十分需要你的帮助。请立刻到我这里来。别跟你妈妈说起这封信。

爱你。

爸爸

"你随后做了什么？"

"您看，两天后我就要去纽约了……走了两个月。我回来之后给父亲打电话，问他是否还需要我帮忙，他说不需要了。然后我们私下又见了面，但他再也没提过这事。"

"那你认为你父亲提及的危险生意是什么呢？"

"当时我认为，他应该是想重拾我极力反对的那桩生意。我们为这吵过架。此外，我母亲还提过他与另一个女人有关系，还给她花了好多钱……"

"先停一下。所以，你认为你父亲找你是想借钱之类的？"

"老实说，是的。"

"但你拒绝了他，尽管信里写得那么绝望。"

"嗯，你也知道……"

"你过得如何？医生。"

"还可以。"

"告诉我：你为什么想让我看这封信？"

"因为我爸爸被杀了，情况不一样了。我感觉这封信可能对调查有用。"

"不，并没有。"蒙塔巴诺冷静地说，"拿回去吧，好好珍惜。你有孩子吗，医生？"

"有一个儿子，叫卡洛杰利诺。今年四岁了。"

"我希望你没有任何事情需要他帮衬。"

"为什么？"安东尼诺·拉贝克拉医生疑惑地问。

"如果他跟自己的父亲一个德行，那你就完了。"

"你怎么能这么说？！"

"如果你十秒钟内不离开我的视线，我就马上逮捕你。"

医生急忙走掉了，把椅子都撞倒了。

阿雷利奥·拉贝克拉曾绝望地向他儿子求助，却被拒之千里之外。

※

　　直到三十年前，维拉斯塔还只是个小镇，有二十来座房子，或者不如说是农舍。一条省道贯穿其中，每边大概十座。省道连接着维加塔和蒙特鲁萨。但是在这个繁荣年代，大规模基建（宪法总纲好像就是这么写的：意大利是建立在劳动基础上的民主共和国）的热潮使得维拉斯塔成了三条高速公路、一条超高速公路、一条所谓的"通联道"、两条省道以及两条省际公路的交叉点。一些公路的两边有红色围栏，许多法官、警察、宪兵、金融家，甚至狱警都在这里被杀害过。开了几公里后，道路的尽头往往是一处杳无人迹的荒山脚下，徒留司机一脸疑惑（当然，也可能是习以为常）。有的路在海滨处戛然而止，金色的细沙滩上没有一座房子，也看不到一艘船，不免会让旅行者产生鲁滨孙的感觉。

　　维拉斯塔的城建很随意，总是心血来潮，随便找块地方就盖房子，小镇和道路网于是同步野蛮生长，内部错综复杂。

　　"我从没见过加里波第街！"开车的法齐奥抱怨道。

　　"维拉斯塔最外围的地区是哪里？"警长问。

　　"布特拉附近。"

　　"走，去那里。"

　　"你怎么知道加里波第街在那里？"

　　"相信我。"

　　他知道这准没错。凭借他在经济繁荣那几年的经验来看，每个市镇中心的街道名都很有家国情怀，用的都是国父的名字（如马志尼、加里波第、加富尔）、老政治家的名字（如布兰多、松尼诺、克里斯皮）、经典作家的名字（如但丁、彼特拉克、卡尔杜齐，莱奥帕尔迪也有，少一点）命名。繁荣过后，街道经历了改名潮。国父街道名不许在郊区出现，于是镇中心现在用的名字是帕索里尼、皮兰德罗、德·菲利波、陶里亚蒂、德·加斯贝利，甚至到处都是肯尼迪。（是总统约翰·肯尼迪，不是司法部长罗伯特·肯尼迪。不过，蒙塔巴诺在尼波罗地山脉的一个小村庄里迷路时见过"肯尼迪兄弟广场"的地名。）

※

事实上，警长只猜对了一半。对的是，一定程度上，在去布特拉的路上，街道名字会因为与镇中心距离的远近而改变；错的是，这么说吧，附近的道路没有以国父命名的，而且不知道什么原因，都是作曲家威尔第、贝里尼、罗西尼、多尼采蒂什么的。几经辗转，法齐奥决定向一个骑着毛驴、载着柴火的老农问路。虽然毛驴并不想停下，但法齐奥强行将它停在了路中央。

"打扰了，你能告诉我怎么去加里波第街吗？"

老农似乎没听见他说什么？

"加里波第街怎么走？"法齐奥大声重复。

老农四下看了看，愤怒地看着这个陌生人。

"去加里波第？你说带着岛上的烂摊子'去加里波第'？去？加里波第应该要回来了，很快，并把这些混蛋的脖子都拧断！"

6

他们最终找到了加里波第街，旁边是一片土黄色的荒凉农地，周围还有一小块一小块的绿色田园。70号是一栋未经粉刷的砂岩垒成的小房子。房子有两间屋子，一层一间。底下那间有个很小的门，门旁有一扇窗；外面有个楼梯通向上层，二层屋子有一个阳台。法齐奥敲了敲门。很快就有一位老妇来开门，她穿着破旧但干净的连帽宽袍。看到两个陌生男人，老妇说了一连串阿拉伯语，时不时地发出又短又尖的哭声。

"好了，真是够了！"蒙塔巴诺生气地说，马上丧失了信心（天空被云遮住了一些）。

"等一下！等一下！"法齐奥对老妇说，同时手掌朝外向前一推。这个动作国际通用，表示"停"。老妇立刻明白了他们的意思，马上就不说话了。

"卡－里－玛？"法齐奥小心翼翼地对老妇说出这个名字，生怕说错一个字。他的嘴唇翕动着，跟蜘蛛吐丝似的。老妇听了哈哈大笑。

"卡里玛！"她说，然后用食指指了指楼上的房间。

法齐奥在前，蒙塔巴诺在后，跟着老妇走上二楼。老妇边走边大叫，行为怪异。法齐奥敲了敲门，但没人回应。老妇叫得更大声了。法齐奥又敲敲门。老妇使劲把警长推到一边，并走过去推开法齐奥，背对着门，像法齐奥一样蜘蛛吐丝似的动着嘴，做出"离开"的手势，然后右手放低，手掌向下，再抬起手，一根根伸开手指，重复着"离开"的手势。

"她有个儿子？"警长惊讶地问。

"如果我没理解错的话，她应该是带着五岁的儿子走了。"法齐奥肯定地说。

"我想进一步了解。"蒙塔巴诺说，"给移民局打电话，让他们派个会说阿拉伯语的人过来。越快越好。"

法齐奥下了楼，老妇边说话边跟着下去。警长在楼梯上坐下，点了一支烟，陷入了蜥蜴般静止的状态。

※

布斯卡诺会说阿拉伯语，因为他在突尼斯出生，并在那里生活到十五岁。他四十五分钟之内赶到。听说来了一个能听懂她说话的人，老妇开始感到不安。

"她说自己愿意把整个事件告诉她叔叔。"布斯卡诺翻译了老妇的话。

一开始是孩子，现在又是叔叔。

"她叔叔是谁？"蒙塔巴诺迷迷糊糊地问。

"嗯，她叔叔指的是您，警长。"这位警员解释道，"叔叔只是尊称。她说卡里玛昨天早上大概九点回来过，但是又匆匆地走了。她说卡里玛看上去很不安、很害怕。"

"她有楼上房间的钥匙吗？"

"有。"布斯卡诺问过后答道。

"把钥匙要过来，我们进屋看看。"

在他们上楼的时候，老妇突然有话要说。布斯卡诺为她翻译。卡里玛的儿子五岁；她工作的时候就把儿子留在老妇这里；小男孩名叫弗朗索瓦，父亲是一个短暂停留突尼斯的法国男人。

卡里玛的屋子简直是一尘不染，里面有张双人床。窗帘旁有一张简易婴儿床。一张小桌子上放着一部电话和一台电视。一张大桌子周围放着四把椅子。屋里还有一个带有四个小抽屉的梳妆台和一个大衣柜。梳妆台的两个抽屉里装满了照片。角落里有一个舒适的小空间，被推拉门隔开。门后还有一个坐便器、一个坐浴盆和一个水池。在这里，警长闻到了和在拉贝克拉办公室中一样的味道——霍露特香水，十分浓烈。房间有阳台，后墙有一扇窗户，窗外是一个精致的花园。

蒙塔巴诺拿出一张照片，照片上是一个大约三十岁的深色皮肤的女士，长得很漂亮。她有一双有神的大眼睛，牵着一个小男孩的手。

"问问她，这两个人是不是卡里玛和弗朗索瓦。"

"是他们。"布斯卡诺说。

"他们怎么吃饭？这里没有灶台，也没有电炉子。"

老妇和布斯卡诺小声嘀咕了很多话。随后布斯卡诺说，小男孩总是和老妇一起吃，即便卡里玛在家也是如此。卡里玛通常晚上在家。

她留男士在家吗?

老妇一听懂警长的问题,立刻显得十分愤怒。卡里玛是个纯洁的伊斯兰教徒,一个介于人类和天使之间的神圣女人。她肯定不会做非法的事。她以做女佣为生,收入微薄。工作内容就是清理男士的秽物。她人很好,而且很大方。购物花销、照看孩子、收拾屋子,她给老妇的报酬远远超出自己应付的费用,而且从没要过找零。既然蒙塔巴诺是一个有着高尚情感和行为的人,他怎么会这么想卡里玛?

"告诉她,"警长边说边看着抽屉里的照片,"真主安拉是最伟大、最仁慈的,但如果她胆敢对我胡说八道,安拉就会非常生气,因为她在正义面前说谎,后果很严重。"

布斯卡诺仔细把警长的话翻译给老妇听,她立即默不作声,好像她的发条松掉了一样。但是没一会儿,她口袋里的一把钥匙又给她上了弦,让她滔滔不绝起来。警察叔叔洞察一切,明察秋毫。在过去的两年里,卡里玛有几次让一个开大汽车的年轻男士留宿。

"问她是什么颜色的车?"

布斯卡诺的翻译过程又长又费力。

"我觉得她说的应该是金属灰色。"

"卡里玛和那个年轻男士做了什么?"

男人和女人能做什么?警察叔叔。老妇听到楼上的床吱吱作响。

"他和卡里玛睡过了吗?"

"就一次。第二天,他开着车带她去上班了。但他是个坏人。有一天夜里有很多躁动的声音。卡里玛又叫又哭,后来那个坏男人走了。她跑过去，发现卡里玛在抽泣，光着身子，身上还有很多被打的痕迹。庆幸的是，弗朗索瓦没醒。"

"那个坏男人上周三晚上有没有来看过卡里玛？"

"警察叔叔怎么知道的？他是来过，但是没对卡里玛做任何事，只是把她带走了。"

"什么时候？"

"应该是晚上十点。卡里玛把弗朗索瓦带下来，告诉我她当晚不回来了。她在第二天早上大约九点回来，然后带着孩子走了。"

"那个坏男人跟她一起走的吗？"

"没有。她坐公交走的。坏男人到得晚一些，大概在卡里玛带着儿子离开十五分钟后。他一知道卡里玛不在，就马上开车去找她了。"

"卡里玛告诉老妇她去哪儿了吗？"

"没有，卡里玛什么都没说。老妇只看到他们朝着维拉斯塔老城走去。那里有车站。"

"她拿了旅行箱吗？"

"是的，一个特别小的箱子。"

他让老妇四处看看，屋里有没有少东西。

她径直打开衣柜的门，霍露特香水的味道立刻弥漫在整个屋子里。她又打开了一些抽屉，仔细查看。

检查过后，老妇说卡里玛带走了一条宽松长裤、一件衬衫，还有几条短裤。她不穿胸衣。她还给儿子带了一套换洗衣物、几条内裤。

老妇刚才一直用钵做肉馅，同时拌入熟麦粒。她旁边有一个浅盘，里面装着肉串，每根都用葡萄叶包着，已经可以进炉子烤了。蒙塔巴诺把指尖聚在一起，像洋蓟一样（这是西西里人常见的做法），又向上指了指。老妇明白了他想问什么，指了指钵说：

　　"肉馅饼。"

　　然后她拿起了一只烤肉叉。

　　"烤肉串。"她说。

　　警长把照片给老妇看，指了指照片里的男人。老妇说了一些令人费解的话。蒙塔巴诺开始生自己的气了，怎么那么早就让布斯卡诺走了。然后，他突然想起来，突尼斯人当过很多年法国殖民地，所以他试着说起法语。

　　"兄弟？"

　　老妇的眼睛一亮。

　　"是的。她哥哥艾哈迈德。"

　　"他在哪儿？"

　　"不知道。"老妇挥了挥手说。

　　用法语交流过之后，蒙塔巴诺回到楼上，拿了卡里玛怀孕期间跟一个金发男人的合照。

　　"这是她丈夫吗？"

　　老妇做了一个轻蔑的手势。

　　"他只是弗朗索瓦的父亲。一个坏男人。"

　　她见过很多坏男人来找卡里玛，而且卡里玛显然还与坏男人们保持联系。

"我叫阿伊莎。"老妇从伤心中缓过来说。

"我叫萨尔沃。"

※

他上了车，停在路边见过的一家面包店，买了一打卡诺里奶油卷，然后回到卡里玛家。旁边有个小花园。阿伊莎在小花架下支了一张桌子。农田无人耕种。在做其他事之前，蒙塔巴诺打开零食包装，老妇立刻就当开胃菜吃了两块。蒙塔巴诺觉得肉馅饼还好，不过烤肉串有一股辛辣的草药味，有点像《一千零一夜》里那种灯神的感觉——他实在找不到更好的词来形容了。

吃饭间，阿伊莎可能想讲讲自己的故事，但忘了怎么用法语说，于是全用阿拉伯语。尽管如此，警长还是尽力配合老妇：老妇笑的时候，他也笑；老妇沮丧的时候，他也板着脸，跟参加葬礼似的。

晚饭后，阿伊莎收拾桌子，蒙塔巴诺静静地点了一支烟。收拾完之后，她脸上露出神秘诡异的表情。她手里拿着一个窄平的黑盒子，原来可能是用来装项链之类的东西。阿伊莎打开盒子，里面是蒙特鲁萨人民银行的存款账簿。

"卡里玛。"老妇说着把手指放到嘴唇上，表示这是一个秘密，要警长保密。

蒙塔巴诺拿过账簿，打开一看。

里面竟然有五亿里拉。

※

克莱门蒂娜·瓦西里·柯佐告诉他，去年她患上了严重的失眠症，什么都做不了。但幸运的是，症状仅持续了几个月。这几个月里，她晚上大部分时间都在看电视或听广播。至于看书，不，她看不了多长时间，因为看久了眼皮会打战。有一次，大概是早上四点，或者更早，她听到两个酒鬼在她家窗下吵架。她拉开窗帘，出于好奇想看看是怎么回事。这时，她看到拉贝克拉先生的办公室开着灯。他这么早在办公室干什么？但他其实不在办公室啊。所以，克莱门蒂娜·瓦西里·柯佐判断，应该是有人在离开他办公室的时候没有关灯。但是，突然，一个年轻男士出现在另一间屋子。她知道有那么一间屋子，但是从她的窗户看不到。那位男士时不时会来拉贝克拉先生的办公室，甚至主人不在的时候也会来。他光着身子跑向电话，拿起听筒开始说话。虽然听不到，但很显然，电话响了。不一会儿，卡里玛出现在后屋，也光着身子。她站在那里，听着年轻男士讲话，男士讲话好像很激动。挂了电话后，男士抓起卡里玛，走进另一间屋子，接着做被电话打断了的事。再看到他们的时候，两人已经穿好衣服了，关好灯，坐着男人的金属灰色汽车离开。

在过去的一年里，这一幕出现过四五次。绝大多数时候，他们只是在那里待几个小时，什么都不做，也什么都不说。如果他抓起她的胳膊，把她带到另一间屋子，那只是为了打发时间。有时，他会写东西或读些什么，而她就在椅子上打盹，头放在桌子上，等着电话铃响。有时，接完电话后，男士会再往外打一通电话。

周一、周三、周五，那个叫卡里玛的女人会来打扫办公室——但是，天哪，她有什么可收拾的？有时，她会接电话，但是她从不转给拉贝克拉先生，即使他人就在身边。他只是坐在那儿，听着她说话，低头看着地板，好像一切都跟他无关一样，或者觉得不舒服一样。

克莱门蒂娜·瓦西里·柯佐认为，那个突尼斯女孩是个邪恶的女人。

她不仅和那个黑皮肤的年轻男人做坏事，也时不时用甜言蜜语勾引可怜的老拉贝克拉。拉贝克拉当然禁不住诱惑，跟着她进了后屋。有一次，当拉贝克拉坐在小秘书桌前看报的时候，她跪在他面前，拉开他裤子的拉链，一直跪在地上……

说到这，克莱门蒂娜·瓦西里·柯佐脸色通红，停止了描述。

很显然，卡里玛和年轻男士有办公室的钥匙。要么是拉贝克拉给的，要么是私自配的。同样显然的是，尽管没有恰好失眠的目击证人，但拉贝克拉遇害之前，卡里玛肯定在他家中待过一段时间。这一点霍露特香水就可以证明。卡里玛也有死者家里的钥匙吗？或者是拉贝克拉先生给她开的门？拉贝克拉夫人吃了大量安眠药，所以没有发现动静？无论如何，整件事似乎很难讲通。为什么他们要冒着被拉贝克拉夫人发现的危险在他家里见面，而不是去办公室呢？为了找刺激吗？给一段本已平静的关系加一点危险的佐料？

然后就是三封匿名信的问题。毫无疑问，它们是在拉贝克拉的办公室里写的。为什么卡里玛和黑皮肤的年轻男人要这么做？是要陷害拉贝克拉先生吗？这不划算。他们这么做毫无益处。恰恰相反，这样电话号码肯定就不能用了，不管这间办公室被他们拿来做什么勾当。

为了理清楚，蒙塔巴诺必须等卡里玛回来。法齐奥是对的：她离开是为了逃避回答危险的问题，她肯定会偷偷回来。警长有信心阿伊莎会遵守诺言。他用蹩脚的法语向阿伊莎解释说，卡里玛和一个卑鄙的坏人在一起，这坏人很快就会伏法，甚至累及卡里玛母子，乃至阿伊莎自己。他给阿伊莎留下了斩钉截铁、怖惧万分的印象。

他们达成了一致，只要卡里玛出现，老妇就会给他打电话。她只需要说找萨沃尔，然后报上自己的名字阿伊莎就够了。他给老妇留了办公室和家里的电话号码，告诉她要保密，就像保护存折中的秘密一样。

当然，这一切想站住脚必须满足一个条件：卡里玛不是凶手。警长无论如何都想象不出她手里拿刀的样子。

※

他借着打火机看了一眼手表，几乎是午夜了。两个多小时了，他一直坐在阳台暗处，防止被蚊子和沙蝇叮咬。他一遍一遍地整理瓦西里·柯佐夫人和阿伊莎说过的话。

但是，他还有一件事要澄清。他这个时候给瓦西里·柯佐夫人打电话合适吗？她说过，每天晚饭后，管家会帮她脱衣，然后将她放到轮椅上。但是，即使已经上床了，她也不会立刻就睡着，她会看电视到深夜，会在轮椅和床之间来回活动。

"夫人，我知道这个时候打电话很冒昧。"

"没关系，警长，完全没关系！我还醒着呢，在看电影。"

"好吧，夫人。你说过，那个黑皮肤的年轻男人会看些什么或写些东西。你知道他看的是什么吗？或者写的是什么吗？你能想起来吗？"

"他看过报纸和信。他也会写信。但是他不用办公室里的打字机。他用自己带来的便携式打字机。还有其他问题吗？"

※

"你好，亲爱的。你睡了吗？还没？你确定？我大概明天下午一点到你那里。别离开家，拜托。如果我去了你不在，我就一直等你。反正我有钥匙。"

7

很显然，即便是在睡着的情况下，他的大脑也有一部分为了拉贝克拉的案子在运转。事实上，凌晨四点左右的时候，他突然想起来了什么，然后起床疯狂地找一本书。突然，他记起来，之前把找的那本书借给奥杰洛了，因为奥杰洛看了由那本书改编的电影。奥杰洛已经借走六个月了，到现在还没还回来。蒙塔巴诺开始有些担心。

"喂，米米？我是蒙塔巴诺。"

"哦，天哪！怎么了？发生什么事了？"

"你是不是还拿着勒卡雷写的那本叫《召唤死者》的小说？我确定我把书借给你了。"

"干什么？现在才凌晨四点！"

"那又怎样？我现在想要回这本书。"

"萨尔沃，作为你的好兄弟，我不得不告诉你：你为什么不能自我反省一下？"

"我现在立刻就要我的书。"

"但是我在睡觉！冷静点。我早上会带到办公室去的。否则，我还得穿上内裤，开始找，再穿好衣服……"

"我再说一遍。你现在就去找那本书，开上车，就算只穿一条内裤，也要给我拿过来。"

他在屋子里来回溜达了大约半个小时，做一些没意义的事，比如看电话账单或者矿泉水瓶上的标签。然后他听到刹车的声音，门口砰的一声，然后车开走了。他打开门，看到书在门前的地上，奥杰洛开车已经走远了。他打算给宪兵队打个匿名电话。

喂，我是一个关心社会的公民。这里有个疯子穿着内裤开着车转悠……

然后他放下电话，迅速翻阅小说。

故事就像他记忆中一样，在第八页：

"史迈利，我是麦斯顿。周一上午你在外交部跟塞缪尔·阿瑟·芬南谈过，对吗？"

"是的……是面谈了。"

"是什么案子？"

"有匿名信指控他在牛津入了党……"

一百三十九页，史迈利在报告结语的开头写道：

"但是，他很可能对工作失去了耐心。他请我参加午餐会是对我表示忏悔的第一步。出于这种考虑，他可能还会通过写匿名信的方式和部门保持联系。"

根据史迈利的逻辑，很可能是拉贝克拉自己写了匿名信，有意暴露所作所为。但是，如果这些信都是拉贝克拉写的，那么他为什么不用其他借口送到警察局或者宪兵队呢？

他刚想到就感到自己太天真了。如果事情到了警察局或宪兵队，他们就会针对匿名信展开调查，给拉贝克拉带来更多的麻烦。如果把信给妻子，拉贝克拉就能引起对方的注意，而这并不会让他陷入险境，或者带来不能承受的后果。他想把事情捅出去，想借此求救。但是他妻子只看到了表面，把匿名信看得太轻了，以为只是下流的玩意儿。她虽然生气，但没做出回应，只是表现出轻蔑的沉默。所以，拉贝克拉先生十分绝望地给儿子写了信，这次没有匿名。但他儿子被自负蒙蔽了双眼，为了蝇头小利飞去纽约，无视了爸爸的信。

多亏了史迈利，一切都说得通了。于是，他决定去睡觉。

※

巴尔达萨雷·马格努斯督查是维加塔邮局的负责人，以专横愚蠢闻名。这次他的表现依然不负盛名。

"我不能满足你的要求。"

"恕我冒昧问一句，为什么？"

"因为你没有法官的授权。"

"我为什么需要法官授权？其他邮局员工都会跟我说的。不会有什么后果。"

"这是你的看法而已。如果他们给了你信息，就会因违反规定受处分。"

"督查，我们得讲道理。我只是想知道，负责给萨里塔·葛兰言街送信的邮递员是谁。不需要别的。"

"我不会告诉你的，好吗？如果我告诉你，你会做什么？"

"我想问他一些问题。"

"看到了吧？你想破坏邮政保密制度。"

"你到底在说什么？"

真是个十足的傻子。这样自作聪明的傻子如今已经很难找到了。警长决定演一出戏来挫败敌人。毫无征兆地，他突然身体向后躺下，肩膀重重地靠在椅背上，抖动手脚，奋力扯开衣领，表情绝望。

"哦，我的天哪！"他惊呼。

"哦，我的天哪！"马格努斯督查重复着这句话，站起来冲到警长面前问，"你还好吧？"

"请帮帮我。"蒙塔巴诺喘息着说。

邮局负责人弯下腰，试着松开警长的衣领。这时，蒙塔巴诺突然嚷道：

"让我走！看在上帝的份上，让我走吧！"

他立刻抓住马格努斯的双手，马格努斯本能地想把手缩回，但警长抓住对方的双手，掐住自己的脖子。

"你在干什么？"马格努斯小声嘀咕。他完全不明白发生了什么。蒙塔巴诺还在叫。

"让我走吧！你怎么敢这样对我？"他嚷道，仍然抓着督查的双手。

警长让老妇再仔细看看，还有没有少什么东西。

"有个本子，像是日记或者账本什么的。卡里玛肯定也把它带走了。"

"她不会离开太长时间。"法齐奥说。

"问问她，卡里玛是不是经常在外留宿？"警长对布斯卡诺说。

"偶尔，次数不多。但每次都会告诉她。"

蒙塔巴诺谢过布斯卡诺，随后说：

"你能把法齐奥送到维加塔吗？"

法齐奥困惑地看着上司。

"为什么？你要做什么？"

"我到附近再转转。"

※

蒙塔巴诺首先检查了一个黄色大信封里的照片。有二十多张，全是卡里玛摆着各种淫秽姿势的裸照，看上去像是样品，因为照片质量很高。她这样的女人为什么没能找到一个丈夫或者爱他的人来照顾自己，免得沦落风尘呢？还有一张卡里玛早些时候怀孕的照片。照片里，她凝视着一位高大的金发男士，吊在他身上。这位男士很可能就是弗朗索瓦的父亲，就是那个路过突尼斯的法国人。其他照片是卡里玛小时候和一个比她大一点的男孩一起照的。两人长得特别像，尤其是眼睛，简直一模一样，肯定是兄妹。事实上，还有很多她和她哥哥以前的照片。最近的一张应该是卡里玛怀孕几个月的时候照的。照片里，她哥哥身着制服，手端冲锋枪。蒙塔巴诺拿着照片下了楼。

门突然打开，是两个吓坏了的邮递员，一男一女。他们偶然间看到，领导似乎正要掐死一名警长。

"出去！"蒙塔巴诺对两人嚷道，"出去！没事！一切都很好！"

两人退了出去，关上门。蒙塔巴诺冷静下来，整了整衣领，怒视着马格努斯。马格努斯一获得自由就立刻后退靠在墙上。

"你真傻，马格努斯。他们看到你了，就是刚才那两个人。因为他们像其他员工那样讨厌你，我敢肯定，他们会很高兴为此事作证。袭警。我们应该做什么？你想被通报吗？"

"你为什么要陷害我？"

"因为我这么做是合理的。"

"为什么？看在上帝的份上吗？"

"为了人们所能想到的最糟糕的事情：信件从维加塔一处到另一处竟然用两个月的时间；等包裹到达目的地时，常常里面一半的东西都不见了；还有那个让你屁股翘上天的所谓邮政保密制度害得我买的书总也送不到……你就是个败类，金玉其外，败絮其中。这些理由够不够？"

"够了。"马格努斯被击垮了。

※

"是的，他当然收到过信件。但并不多，只有几封。有一家外国公司给他写过信，除此之外，就没有了，真的。"

"这些信是从哪儿来的？"

"没注意过。但是有一些邮票是外国的。我能告诉你的就是，公司的名字是阿斯兰尼蒂斯，因为名字印在了信封上。我能记住这个名字是因为我过世的父亲曾在希腊当兵打仗。他在那里遇到了一个名叫嘉拉蒂娅·阿斯兰尼蒂斯的人。我父亲曾常常提起她。"

"信中有没有提到公司被卖掉了？"

"是的，早就卖了。"

※

"太感谢了，您能这么快赶过来。"安东涅塔·帕尔米萨诺一开门就对蒙塔巴诺说。她刚刚变成拉贝克拉家的寡妇。

"为什么？你想见我吗？"

"是的。他们没告诉你我给你办公室打过电话吗？"

"我今天还没去上班呢。我今天是自己来的。"

"你是个偷窃狂。"寡妇说道。

警长顿时感到很疑惑,然后他立刻明白了,她是想说"千里眼"。

他想，改天我把她介绍给坎塔雷拉，然后把对话记录下来。肯定比尤内斯库[1]写得还好。

"你想见我有什么事，夫人？"

安东涅塔淘气地摇晃着短小的食指。

"不不不。你应该先说，因为你是自己想来。"

"夫人，我想让你告诉我，第二天早上你准备去看你姐姐的时候，你都做了些什么？"

寡妇目瞪口呆，嘴巴一张一合。

"你是在开玩笑吗？"

---

1 译者注：欧仁·尤内斯库是罗马尼亚和法国荒诞派戏剧作家。

"当然不是。"

"你是在让我穿上睡衣吗？"拉贝克拉夫人红着脸说。

"我从没这么想过。"

"好吧，让我想想。我关上闹钟后，立刻起床。然后，我……"

"不，夫人，也许我没说明白。我不是想让你告诉我你做了什么，我想让你展示给我看。我们去另一个屋。"

他们走进卧室。衣柜门大开，一个装满女士衣物的箱子放在床上。桌子的一边放着一个红色闹钟。

"你是在床的这一侧睡觉吗？"蒙塔巴诺问。

"是的。我该做什么？躺下吗？"

"不需要。就坐在床边吧。"

寡妇听令坐了下来，但是随后问道：

"这么做对侦破我丈夫的案子有什么帮助吗？"

"请按我说的做，这非常重要。就五分钟，之后就不再打扰您了。告诉我，你丈夫是否也经常在闹钟响了之后醒来？"

"通常，他睡得很轻。哪怕我只弄出很小的声音，他的眼睛都会立刻睁开。但是你这么说却让我回想起来，那天早上他没听到闹铃。事实上，当时他像是感冒了，鼻子里塞了什么东西似的，在打呼噜。他以前几乎没打过呼噜。"

"说下去。"

"我起了床，从椅子上拿起我要穿的衣服，然后走进洗手间。"

"走，咱们过去。"

拉贝克拉夫人尴尬地带着路。当他们走到洗手间时，拉贝克拉夫人看着地板问：

"我需要把所有事再做一遍吗？"

"当然不用。你走出洗手间的时候，衣服已经穿好了，对吗？"

"是的，都穿好了。我平时都是这么做的。"

"然后你做了什么？"

"我去了客厅。"

因为有了前面的过程，她知道自己该怎么做。她走向客厅，警长跟着她也走进客厅。

"我拿起我的钱包，钱包是我前一天晚上就放在沙发上的。然后开门走到楼梯口。"

"你确定你走的时候锁门了吗？"

"当然确定。我按了电梯……"

"就到这吧，谢谢你。当时几点，你还记得吗？"

"六点二十五。当时有点晚了，其实是很晚了，所以我跑了起来。"

"什么事耽搁了？"

女人满脸疑问地看着他。

"你为什么会晚？为什么需要跑？换一种说法吧，如果一个人知道自己第二天早上要去什么地方，一般会设个闹钟，计算大概需要多少时间……"

拉贝克拉夫人笑了笑。

"我脚上的一个结痂处挺疼的，"她说，"我抹了点药膏，把脚包了起来，这才耽误了点时间。"

"再次感谢，抱歉打扰您了。再见。"

"等等！你要去哪儿？你也要走吗？"

"是的，当然。你还有什么要说的吗？"

"请坐一会儿。"

蒙塔巴诺坐下。无论如何，他都知道自己想要确认的信息了：拉贝克拉先生的妻子当时没有进书房，而卡里玛几乎就藏在那里。

"你知道，"女人开始说话了，"我正准备离开。在给阿雷利奥办完体面的葬礼之后我就走。"

"你要去哪儿，夫人？"

"去找我姐姐。她有个大房子，而且她病了，你知道的。我再也不回维加塔了，死也不回了。"

"为什么不去找你儿子？"

"我不想给他添麻烦。而且我和儿媳妇也合不来。她花钱如流水，我可怜的儿子总是抱怨入不敷出。无论如何，我想告诉你的是，在整理用不上的老物件并准备扔了的时候，我找到了第一封匿名信的信封。我之前以为烧了，但是我可能只是烧了信，留下了信封。因为你对这些感兴趣……"

上面有地址。

"我可以留下信封吗？"

"当然可以。我想说的就是这些。"

她站起来，警长也站起来，但是她随后走向橱柜，拿起了一封信，朝蒙塔巴诺晃了晃。

"警长，看这个。阿雷利奥已经去世两天了，我已开始偿还他和他那些恶心人的事欠下的债务了。就在昨天，我收到了来自他办公室的两张账单。一张是电费单，二十二万里拉！另一张是电话单，三十八万里拉！但他不是唯一一个用电话的人，你知道。他能给谁打电话呀？那个突尼斯妓女肯定也打了。可能是给她在突尼斯的家人打。然后今天早上，账单就来了。只有上帝才知道她给我愚蠢的丈夫灌输了什么样肮脏的思想！"

安东涅塔·拉贝克拉简直太善良了。哦，她原本姓帕尔米萨诺。信封上没有邮票。这封信是派人送过来的。蒙塔巴诺决定不表现出过多的好奇心，点到为止。

"这封信是什么时候送来的？"

"今天早上，我刚刚说了。是一个十七万七千里拉的账单，由穆洛内打印店送来的。对了，警长，你能顺便把拉贝克拉办公室的钥匙给我吗？"

"现在就要吗？"

"不算是吧。但是我打算让有意盘下来的人来看房子。我想把这间公寓也卖掉。我估算了一下，葬礼前前后后可能要花费五百多万里拉。"

有其母，必有其子。

"有了卖办公室和公寓的钱，你都可以办二十场葬礼了。"蒙塔巴诺讽刺地说。

※

恩培多克勒·穆洛内是打印店老板。他说，已故的拉贝克拉先生确实订了一些信头与原来不一样的信纸。拉贝克拉先生和他打交道有二十年了，他们是朋友。

"有什么不同？"

"以前是意大利语的'进出口'，现在改成英文了。我之前就跟他说过别这样做。"

"是说别改信头吗？"

"不是，我是说不应该重操旧业。他已经退休五年了，但是好多事都不一样了。经济萧条，这不是开公司的好时机。你知道他没有感谢我，反而怎么做吗？他跟我生气了。他说他读报、看电视，知道现在是什么情况。"

"那你把这些印刷品送到了他家里还是办公室？"

"他让我送到他办公室，我是在一个工作日给他送过去的，当时他也在。但我不记得具体日期了，但是如果你想……"

"没关系。"

"另外，账单我寄给了他夫人，因为他本人应该不能来办公室了，对吗？"

然后他笑了。

※

"给您浓咖啡，警长。"阿尔巴纳斯咖啡厅的服务员说。

"图托，听着，拉贝克拉先生是不是有时会和朋友来这里？"

"是的！每周二。他们来这里聊天、玩牌。总是那几个人。"

"告诉我他们的名字。"

"好的。让我想想：会计凡多夫……"

"等一下，给我电话簿。"

"不用打电话。那桌那个吃冰块的老先生就是。"

蒙塔巴诺拿着小咖啡杯走向会计。

"我能坐这里吗？"

"当然可以，警长。"

"谢谢。我们认识吗？"

"你不认识我，警长，但是我认识你。"

"凡多夫先生，你和已故的拉贝克拉先生经常玩牌吗？"

"经常？我们每周二都在一起玩。因为，你知道，他每周一、周三和……"

"和周五，他都去办公室。"蒙塔巴诺接着他的话说。这些话他的耳朵都快听出茧子了。

"你想知道什么？"

"为什么拉贝克拉先生决定重操旧业？"

凡多夫看上去十分惊讶。

"重操旧业？他什么时候重操旧业了？他从没跟我们说过。但是我们都知道，他经常去办公室，只是为了消磨时间。"

"他从来没提到过卡里玛女士吗？就是那个做保洁的女人。"

蒙塔巴诺察觉到了对方投来的目光和几乎察觉不到的迟疑。

"他没理由跟我说清洁女工的事。"

"你了解拉贝克拉吗？"

"你能说你了解谁啊？三十多年前，我还住在蒙特鲁萨。当时我有个脑子很灵光的朋友，他聪明、诙谐、敏锐、明智，还十分慷慨，是个天使般的人物。无论谁需要帮助，他都会尽力去帮。

后来有天晚上，他姐姐把自己不到六个月的孩子留给他，让他照顾最多两个小时。但他姐姐一走，他就拿起刀把小婴儿剁碎，放到锅里和香菜、大蒜一起煮了。我不是在开玩笑，你知道。我当天和那男人在一起，他和往常一样睿智、彬彬有礼。所以，再来看看可怜的拉贝克拉，是的，我认识他，但是也看到他这两年来变了。"

"怎么变了？"

"嗯，他变得担惊受怕，再没笑过。事实上，他总想挑起事端，在小事上大做文章。"

"你知道这都是为什么吗？"

"有一天，我也这么问他。是身体原因，他说。初期表现是动脉硬化，这是他的医生告诉他的。"

※

他到拉贝克拉的办公室后做的第一件事就是坐在打字机前。他打开小秘书桌，发现一些印着旧信头的信纸，看上去发黄，有些年头了。他拿出一张，放到大衣口袋里，并将拉贝克拉夫人给他的信封挪了一下。他用打字机打了一下地址，是一次检验。字母 r 往上挪了一行，字母 a 往下挪了一行，字母 o 往后挪了一点。匿名信封上的地址是用同一台打字机打出来的。

他朝外看了看。瓦西里·柯佐夫人的管家站在一个四脚梯上正在擦窗户。他打开窗户朝对面喊。

"你好！夫人在吗？"

"等着。"女孩一边回答，一边露出厌恶的表情。显然，她不是很喜欢警长。

她从梯子上下来，消失在视野中。不一会儿，瓦西里·柯佐夫人的头出现在窗台高一点的位置。他们不需要用多大声，因为两人只有不到十码的距离。

"打扰了，夫人，但是如果我没弄错的话，你告诉我，有时候会有个年轻男士，你还记得吗……"

"是的，一个年轻男士。"

"你说他曾经打过什么东西，对吗？"

"是的，但是他没用办公室的打字机。他用的是自己带来的便携式打字机。"

"你确定吗？他带来的会不会是电脑？"

"不，就是一个便携式打字机。"

还有什么案子的调查会比这更令人发笑吗？他突然意识到，他们看上去就像两个在阳台上说八卦的家庭主妇。

跟瓦西里·柯佐夫人道别后，为了重新找回尊严，他开始像专家一样仔细搜查办公室，寻找打印店带来的包裹，但是他没找到。他也没找到任何信封或任何有新英文信头的纸。

他们带走了所有东西。

由于假冒拉贝克拉侄子的那个男士自己带了便携式打字机，而不用办公室的老式好利牌打字机。他觉得自己已经找到了一个合理的解释。很显然，他需要的不是打拉丁字母的打印机。

8

他走出办公室，开车去蒙特鲁萨。到了海关警察总部，他说要找老朋友艾利欧塔队长。门卫立刻让他进了门。

"那天晚上一别可有日子了啊！我不是埋怨你，是我的错。"艾利欧塔说。这让蒙塔巴诺感到有些尴尬。

"让我们原谅彼此，试着改变这种状况吧。"

"好。我能帮你什么？"

"我想知道去年给你打电话的时候，接电话的那名警官的名字。就是那个为我提供了维加塔一家超市的宝贵信息的人。军火走私案，还记得吗？"

"当然记得。他叫拉格纳。"

"我能跟他谈谈吗？"

"什么事？"

"我希望他来一趟维加塔，最多待半天。我想让他看看几份商贸文件，就是在电梯被杀害的那个人的文件。"

"好的，我帮你把他叫过来。"

拉格纳是一位健壮的五十岁男士。他梳着平头，戴着金边眼镜。蒙塔巴诺立刻对他产生了好感。

蒙塔巴诺向他详细说明了自己要做的事，然后把拉贝克拉办公室的钥匙给了他。这名警官看了看手表。

"如果队长不反对的话，我今天下午三点能到维加塔。"

※

为了确保不出岔子，一结束与艾利欧塔的谈话，警长就问他能否给局里打个电话，因为他自昨晚以来还没有回去过。

"头儿，真的是你吗？"

"坎塔，是我。有电话来吗？"

"是的，头儿。有两个是找奥杰洛警官的，有一个是……"

"坎塔，我不想知道有没有打给其他人的电话！"

"但是您刚刚问我的。"

"好吧，坎塔。有没有找我的电话？"

警长换了个说法，或许能得到一个正常的答案。

"是的，头儿。有一个电话找您，但是没有什么有意义的内容。"

"什么意思？什么叫没意义？"

"我什么都听不懂。但我认为可能是亲戚。"

"谁的亲戚？"

"你的，头儿。他们直呼你的名字，他们叫您萨尔沃。"

"然后呢？"

"然后他们听上去很悲痛，小声抽泣之类的。他们说：'阿伊……莎！阿伊……莎！'"

"等等，'他们'是谁？是男人还是女人？"

"一个老妇，头儿。"

阿伊莎！他冲出门外，甚至忘了和艾利欧塔道别。

※

阿伊莎坐在家门口，沮丧地哭泣着。不，卡里玛和弗朗索瓦并没有出现。她给他打电话一定另有原因。她站起来，请他进屋。整个房间被弄得乱七八糟；床铺甚至都被烧了。他敢打赌有人拿走了存折。不，他们没找到存折，阿伊莎很肯定地说。

楼上卡里玛的房间更糟糕。地上的一些石板被掀开。弗朗索瓦的一个塑料玩具卡车被砸得粉碎。所有照片都不见了，包括宣传卡里玛美貌的那些。**幸亏我留下了几张**，警长想。但是，他们肯定弄出了很大的动静。那时候阿伊莎去哪里了？她并没有跑走。阿伊莎解释说，前一天，她去蒙特鲁萨见朋友了。因为时间很晚了，她就在朋友家留宿。她真是幸运：如果他们见她在家，肯定会把她杀掉。他们肯定有房子的钥匙，因为门完好无损。他们肯定是冲着照片来的。他们想抹掉有关卡里玛的任何记忆。

蒙塔巴诺让老妇收拾好自己的东西。他打算把她送去她在蒙特鲁萨的朋友家里。为了安全起见，她需要在那里待上一阵子。阿伊莎闷闷不乐地答应了。警长说，趁她收拾的时候，他会到距离最近的烟草店，最晚十分钟就回来。

※

烟草店附近是维拉斯塔小学。在学校门口，有一群挥着手的妈妈和哭嚷着的孩子。他们围住了两名来自维加塔的警察。他们是维加塔派来维拉斯塔的，蒙塔巴诺认识他们。警长继续往前开，买好烟。但在回来的路上，他突然感到非常好奇。他穿过人群，亮明身份，但被吵嚷声淹没了。

"他们跟你也说了这些荒唐事吗？"一个警察惊讶地问。

"不，我只是恰巧路过。怎么回事？"

妈妈们听到了他的提问，全部抢着回答。他什么也没听清。

"安静！"他嚷了一句。

所有妈妈立刻安静下来，但是孩子们被吓到了，哭得更凶了。

"整件事真是太荒谬了，警长。"那个警察继续说，"显然，从昨天早上开始，一个孩子在上学路上欺负其他孩子，偷走食物后跑掉了。今天早上这种事又发生了。"

"看看这儿，看看这儿。"一位母亲打断了他们的谈话，向蒙塔巴诺展示一个小男孩被打肿的眼。"我儿子不想把煎蛋卷给他就挨了打！这对孩子伤害多大啊！"

警长弯下腰来，抚摸小男孩的头。

"你叫什么名字？"

"恩托尼奥。"小男孩为自己第一个被问话感到骄傲。

"你认识那个抢你煎蛋卷的男孩吗？"

"不认识，先生。"

"这有谁认识他吗？"警长大声问。大家都说不认识。

蒙塔巴诺又蹲下，靠近恩托尼奥。

"他跟你说了什么？你怎么知道他想要你的煎蛋卷？"

"他说外国话，我听不懂。所以他拉下我的背包，然后打开。我试着把包拿回来，但是他打了我两下，拿了我的煎蛋卷、三明治跑了。"

"继续查。"蒙塔巴诺对两个警察下了命令。两个警察的脸像是被施了咒语一样绷着。

※

穆斯林统治西西里岛的时候，蒙特鲁萨还叫克肯特。阿拉伯人在小镇边境划出了一片区域居住。后来穆斯林落败而逃，蒙特鲁萨人重返家园，这片地区改成了西西里本地的名字，叫拉巴图。二十世纪后半叶，一场巨大的山崩将其摧毁。仅剩的几所房子也只剩残垣断壁，不可思议地依然矗立在原地。阿拉伯人再次来到这里时已经很落魄了。他们用薄金属板替代了原来的瓦片，修好房顶，再用分隔厚纸板补好了墙。

蒙塔巴诺带着阿伊莎来的就是这个地方。老妇只带了一些不值钱的破布烂衫，还是叫他"叔叔"，还想要拥抱亲吻她的恩人。

※

已经下午三点了，蒙塔巴诺还没吃饭，胃饿得一阵阵绞痛。他走进圣卡罗杰诺餐厅坐下来。

"还有什么吃的吗？"

"您想吃的都有。"

就在那时，他想起了利维娅。他已经完全忘记了她。他赶紧拿起电话，努力想该怎么解释。利维娅说过自己午饭时间到。现在她可能已经快疯了。

"亲爱的利维娅。"

"我刚到，萨尔沃。飞机晚点两小时，没给任何解释。你是不是担心我了，亲爱的？"

"我当然担心你了。"蒙塔巴诺羞愧地撒了谎，松了口气，"我每十五分钟就给家里打个电话，但是没人接。刚才我给机场打电话，他们告诉我飞机晚点两小时。我这才放心。"

　　"抱歉，亲爱的，是我的错。你什么时候回家？"

　　"太不巧了，我现在还不能回家。我在蒙特鲁萨开会呢。我保证一小时后结束，然后跑着回家。哦，听着，咱们今晚去局长家吃晚饭。"

　　"但是我没带什么合适出席的衣服啊！"

　　"牛仔裤就行。看看冰箱，阿德莉娜肯定做了好吃的。"

　　"不，没关系。我等你回来，咱们一起吃。"

　　"我已经吃过三明治了，现在不饿。一会儿见。"

　　他坐回餐桌，桌上已经放了一盘炸鲻鱼，香酥可口。

※

　　利维娅因旅途劳累已经上床了。蒙塔巴诺脱下衣服，在她旁边躺下。他们接了吻。突然，利维娅把他推开，闻了闻他身上。

　　"你身上有油炸食物的味道。"

　　"当然。我刚才在油炸店进行了一小时的询问。"

　　他们不急不缓地做了爱，知道自己有的是时间。最后他们坐起来，背靠枕头。蒙塔巴诺把拉贝克拉遇害的事告诉了她。他像讲笑话一样，告诉她皮奇里洛母女多么在乎自己的名誉，但还是被他带去了警局。他还说让法齐奥给库里安老人买了一瓶白葡萄酒，因为他原来那瓶滚到了尸体旁边。但利维娅并没有像蒙塔巴诺想象中那样笑起来，而是冷冷地看着他。

“混蛋。”她说。

“你说什么？”蒙塔巴诺神态自若地问道，活像一个英国贵族。

“你是个混蛋，还性别歧视。首先，你让两个可怜的女人丢了脸，然后又给一个跟尸体同乘电梯却没有半点不安的人买了酒。现在你告诉我，你是不是傻了？”

“拜托，利维娅。别这么说我。”

不幸的是，利维娅坚持自己的观点。直到六点钟，他才让利维娅平息怒火。为了转移注意力，蒙塔巴诺又给她讲了小男孩偷吃别的孩子午间零食的事。

但是这次利维娅还是没笑。事实上，她更悲伤了。

“怎么了？我刚刚说什么了？我又做错了什么吗？”

“不，我只是在想那个可怜的男孩。”

“是那个挨打的吗？”

“不，是另一个。他肯定又饿又绝望。你说他不会讲意大利语？那他可能是哪个移民家庭的孩子，家里连饭都吃不上。也许他是被遗弃了。”

“天哪！”蒙塔巴诺惊呼。他突然想通了，大叫一声。利维娅吓了一跳。

“你怎么了？”

“天哪！”警长又说了一遍，眼珠子都快瞪出来了。

“我刚刚到底怎么你了？”利维娅关心地问道。

蒙塔巴诺没说话，几乎光着身子径直冲向电话。

“坎塔雷拉，该死的，快给我找法齐奥接电话！立刻！法齐奥？最多一小时，所有人到我办公室来。知道了吗？所有人。如果有人没到，我会发火的。"

他挂了电话，然后又拨了另一通电话。

"局长？我是蒙塔巴诺。很遗憾地告诉您，我不能去您家用晚餐了。不，不是因为利维娅，而是工作。我会跟您解释。明天午饭的时候，行吗？请您务必向您夫人表达我的歉意。"

利维娅下了床，试图理解她说的话为什么会引起如此大的反应。

蒙塔巴诺只是扑倒在床上，把她揽入怀中。意图昭然若揭。

"但是你刚刚是不是说，你一小时内要回办公室？"

"十五分钟左右吧，有什么区别吗？"

※

蒙塔巴诺并不宽敞的办公室里挤满了人。奥杰洛、法齐奥、托尔托雷拉、加洛、杰尔马纳、加鲁佐，刚工作不到一个月的格拉索也到了。坎塔雷拉靠门站着，一只耳朵戴着接线总机的耳机。尽管利维娅不情愿，蒙塔巴诺还是带着利维娅来到了办公室。

"我来干什么？"

"相信我，你会有很大作用。"

但是他没有给她任何解释。

在一片沉默中，蒙塔巴诺画了一幅不太好看但十分精准的维拉斯塔街道图，随后把图展示给大家。

"这是维拉斯塔加里波第街上的一所小房子。现在没人住。在这所房子后面是一个花园……"

他阐述着每一个细节，包括相邻的房子、十字路口、小十字路口。他努力回忆昨天下午在卡里玛房间里想到的一切。除了坎塔雷拉在警局待命，其他人都要配合行动。通过地图，警长给大家指出了要去的地方。他让大家一个一个就位，没有鸣笛声、没有制服——当然也没有警车。他们要保持低调。如果有人想开自己的车，必须停在距离那座房子五百米以外的地方。他们想带什么都行：三明治、咖啡、啤酒，因为这个过程可能会需要很长时间。可能要等一整晚，不允许任何人进出。也许他们要找的人不会出现。路灯亮起就是行动信号。

　　"有武器吗？"奥杰洛问。

　　"武器？什么武器？"蒙塔巴诺低声说。他顿时感到了困惑。

　　"我不知道，但是这事看上去很严重，我认为……"

　　"我们要抓谁？"法齐奥突然插话。

　　"偷零食的贼。"

　　屋里的每个人都屏住呼吸。汗珠从奥杰洛的额头滑下。

　　他心里想，我去年就告诉过他了，他应该去检查检查他的脑袋。

※

　　这是一个月光皎洁的夜晚，无风。在蒙塔巴诺的眼里，这个晚上只有一个瑕疵，就是时间似乎不想往前走。每一分钟都神秘般地被拉长，好像一分钟有五分钟那么长。

　　借着打火机的光，利维娅把烧毁的床垫放回到弹簧床上，躺下来，慢慢睡着了。现在她睡得很熟。

　　警长坐在窗边的椅子上，看着窗外。他能清楚地看到花园和周围的情况。法齐奥和格拉索应该在那片区域，但是他怎么都看不到他们的身影。他们可能藏到了扁桃树丛里。他对手下的专业精神感到十分满意。他们得知任务是全神贯注地盯着卡里玛的儿子时，都感到十分尴尬。他拿出第四十支烟，借着微弱的光看了一眼手表，决定再等半小时再让自己的人撤退。就在此时，他注意到农田和花园交界的地方有轻微的动静，不仅仅是动静，照耀在干草和灌木上的月光发生了片刻的偏折。这肯定不是法齐奥和格拉索弄出来的。他故意让那片区域看上去好像无人看守一样。过来了。一个东西在移动，无论它是什么，一直在动。这次，蒙塔巴诺看清了，是一个小黑影慢慢走过来。是那个孩子，绝对是。

他顺着她呼吸的声音慢慢走向利维娅：

"醒醒，他来了。"

他回到窗前，利维娅也马上跟过来。蒙塔巴诺在她耳边说：

"他们一抓到他，你就下楼。他肯定会害怕，但是当他看到是一位女士时可能会觉得好点。爱抚他，亲吻他，跟他说些你觉得适合的话。"

小男孩已经在房子旁边了。他们能清楚地看到他抬起头，看着上面的窗户。突然，一个男人的身影跳出来，站在男孩身后，一把抓住了他。是法齐奥。

利维娅飞奔下楼。弗朗索瓦踢打着，发出刺耳的哭喊声，就像一只落入陷阱的小动物。蒙塔巴诺打开灯，靠在窗前。

"把他带上来。你，格拉索，去看看其他人。"

此时，孩子不再哭喊，变成了抽泣。

利维娅抱着他，对他说着什么。

※

他还是很紧张，但是已经不哭了。眼睛闪闪发光，透着热情。他看看周围的每个人，慢慢恢复了自信。他还是坐在几天前坐过的那张桌子前，但当时是和他妈妈坐在一起。这也许就是他紧抓利维娅的手不想让她离开自己的原因。

米米·奥杰洛刚才离开了一小会儿后，拿着一个袋子回来了。所有人立刻意识到，只有米米的路子是对的。袋子里装着火腿三明治、香蕉、曲奇饼、两罐可口可乐。作为对其工作的认可，米米得到了利维娅深情的一瞥，这让蒙塔巴诺很恼火。这位副警长结巴地说：

"昨晚我让人准备的……我觉得，如果我们要照顾一个饥饿的小男孩……"

弗朗索瓦吃了东西，累得睡着了，曲奇饼干也没吃完。他的头几乎快低到面前的桌子上了，好像有人关了他的开关一样。

"现在把他带到哪里去？"法齐奥问。

"带回咱们家吧。"利维娅坚定地说。

蒙塔巴诺对利维娅用了"咱们"这个词感到十分惊讶，不知道是该高兴还是不安。他给小男孩拿了一条裤子和一件 T 恤。

这个孩子在回马里内拉的路上一直睡着，甚至在利维娅给他脱衣服，抱他到客厅沙发时都没醒。

"如果他在咱们睡着的时候醒来逃跑了，怎么办？"警长问。

"我觉得他不会那么做。"利维娅肯定地回答。

无论如何，蒙塔巴诺不愿冒险。他关上窗户，拉好百叶窗，把大门紧锁上。

　　随后，两人也睡下。但即便十分劳累，他们也无法很快入眠。睡在隔壁的弗朗索瓦的鼾声清晰可闻，让他们莫名地感到不安。

※

　　第二天早上大约九点，警长醒了。这个时间起床对他来说算晚的了。为了不打扰利维娅，他轻轻地下了床，去看看弗朗索瓦怎么样了。但是孩子已经不在沙发上了，也不在浴室。难道他像警长担心的那样已经逃跑了？但他是怎么做到的？大门明明锁得很严，百叶窗也关着。他在可能藏人的地方四处找，可哪里都没找到。他不得不叫醒利维娅，告诉她发生了什么，问她该怎么办。但当他去叫利维娅时才发现，那个孩子正睡在利维娅的胸口，两人相拥而眠。

9

"警长吗？抱歉打扰你。今早我们能见一面吗？我想给您看看我的报告。"

"当然可以！我去蒙特鲁萨。"

"不，不用。我马上就到维加塔。咱们一小时后在萨里塔·葛兰言街碰面，行吗？"

"好的，谢谢，拉格纳。"

※

他走进浴室，尽量把噪音降到最低。为了不打扰利维娅和弗朗索瓦，他轻轻地穿上昨天的衣服，虽然因为昨晚的工作已经弄得皱皱巴巴的了。临走之前，他留了一张便条：冰箱里有很多吃的，午饭时间回。

但便条刚写完，他就想起来局长邀请他们吃午饭。现在弗朗索瓦在，所以去吃午饭是不可能了。他决定立刻给局长打电话，否则可能等会儿又忘了。他知道，除非有特殊情况，局长周日早上都在家。

"蒙塔巴诺吗？别告诉我你午饭也不能来了！"

"抱歉，我确实不能去了。局长先生，我很抱歉。"

"发生什么严重的事了吗？"

"比较严重。事实是这样的，今天早上，我不知道该怎么表达——我当了回爸爸。"

"恭喜你！"局长说，"所以，利维娅小姐……我都等不及要告诉我妻子了，她肯定会非常高兴。但是我不明白，为什么你会因为这件事不能来吃午饭。啊，我知道了，她是不是快要生了？"

蒙塔巴诺的上司显然误解了他，于是他不得不冗长地解释受害人、孩子的零食、霍露特香水、穆洛内的印刷品，等等。局长不想继续听这些麻烦的事了，便说：

"好吧，好吧，你稍后再讲这些。听着，利维娅小姐什么时候离开？"

"今晚。"

"所以我们见不到她了，太糟了。我们还得等下次机会。听着，蒙塔巴诺，有时间的时候给我打个电话。"

出门之前，他又看了一眼利维娅和弗朗索瓦，他们还在睡梦中。谁会忍心打扰他们呢？他皱了皱眉，有一种不祥的预感。

※

警长对在拉贝克拉办公室看到的一切表示震惊。办公室和他上次离开时没有什么区别。所有纸张还在原地，甚至连曲别针都没变动地方。拉格纳明白了。

"警长，我们没有搜查办公室，因为根本没有必要。"

"所以你想告诉我什么？"

"这家公司由奥雷利奥·拉贝克拉于一九六五年成立。在这之前，他是一个小职员。公司业务包括进口热带水果，而且他在靠近港口的威亚·维托里奥·埃马努埃莱·奥兰多有个仓库，仓库里有冷藏室。他们还出口谷物、鹰嘴豆、蚕豆、开心果之类的货物。至少到八十年代末，公司的业务都还不错。长话短说，一九九〇年一月，拉贝克拉被强制清仓，但都是摆在明面上的。他甚至赚了点钱。他的文件都有存档。一个上了年纪的男士，拉贝克拉。非要检查的话也是无可指摘。四年后，还是在一月份，他获得了重新经营的批准，当时公司还没被注销。而且，他后来没有再购买储藏间或仓库，什么都没买。你知道吗？"

"我想我知道了。你没有发现一九九四年至今的任何交易记录。"

"是的。如果拉贝克拉只是想来公司消磨几个小时——我是指我在隔壁办公室看到的那些痕迹——那他为什么要重开公司呢？"

"有没有找到最近的邮件？"

"没有，警长。信件最晚也是四年前的。"

蒙塔巴诺拿起桌上一个发黄的信封给这位警官。

"你有没有发现任何新的这样的信封？寄件人地址部分写着英语的'进出口'。"

"没有。"

"另外，据邮递员说，有一些是寄到这里来的。"

"警长，您有没有检查拉贝克拉的家？"

"检查过。但是他家里没有任何重新运营的资料。你还想知道些其他的吗？据一名可靠证人说，在某些晚上，当拉贝克拉不在办公室的时候，这儿还有其他一些事情发生。"

他描述了卡里玛和那个假扮拉贝克拉侄子的年轻男人在办公室里接打电话，还用自己带的便携式打字机写信的事。

"我明白了，"拉格纳说，"您呢？"

"我也明白，但我想先听听你的意见。"

"这是家空壳公司，打掩护的，做的是非法交易，不是进出口贸易。"

"我同意，"蒙塔巴诺说，"他们在杀害拉贝克拉的时候，或者说是前一天，过来清理了所有东西。"

※

他顺便去了一趟局里。坎塔雷拉在接线总台，正在玩纵横字谜游戏。

"坎塔，告诉我，你要多久才能完成一个字谜？"

"啊，这种题很难。头儿，真的很难。这道题我做了一个月都没做出来。"

"有什么消息吗？"

"没什么重要的消息，头儿。有人在塞巴斯蒂安·罗·摩纳哥的停车场纵火。消防员赶到现场并扑灭了大火。五辆摩托车被烧毁。随后，有人朝一个叫菲利普·科伦提诺的人开枪，但没有打中，而是打中了塞弗利亚夫人的窗户，吓得她躲到了商店。后来又起了火，还是纵火。但只是小事，头儿，小孩玩火，没什么大不了的。"

"谁在办公室？"

"没人，头儿。所有人都出去处理我刚刚说的那些事了。"

蒙塔巴诺走进办公室。桌子上有一个用皮皮托内甜品店的包装纸包起来的包裹。他打开包裹，里面是卡诺里奶油卷、乳酪、泡芙和牛轧糖。

"坎塔雷拉！"

"随时听命，头儿！"

"谁把这些甜品放这儿的？"

"奥杰洛警长。他说给昨晚那个男孩买的。"

奥杰洛竟然突然对那个被遗弃的孩子这么上心！难道他是想再与利维娅见面吗？

这时，电话响了。

"头儿，尊敬的洛·比安科法官来电。他说想直接跟您通话。"

"接进来。"

几周前，洛·比安科法官赠给了警长《马蒂诺一世国王（1402-1409）时期吉尔真蒂大学法学专家里纳尔多和安东尼奥·洛·比安科之生平与成就》的第一卷，一共七百多页，这是他多年的心血。他记得洛·比安科们是他的先祖。蒙塔巴诺在一个睡不着的晚上粗略翻过这本书。

"嘿，坎塔，你是否要把法官的电话接过来？"

"头儿，事实上我不能把他的电话接过来，因为他已经亲自来了。"

蒙塔巴诺咒骂着迅速走到门前，把法官带到自己的办公室，并表达自己的歉意。针对拉贝克拉的案件，他只给法官打过一次电话，之后就忘了法官的存在。为此，他感到十分愧疚。今天，法官无疑是来斥责他的。

"简单打个招呼吧，警长。我是来看望我母亲的，她住在都尔耶里，和朋友在一起，所以我顺便到你这里来看看。我对自己说，来碰碰运气，看看是不是能遇到你。结果，我很幸运：你在这里。"

你到底想让我做什么？蒙塔巴诺自言自语。通过法官热切的眼神，他很快就明白了法官的意图。

"法官，您知道吗？我最近总失眠。"

"是吗？为什么？"

"我在彻夜读您的书。这本书比悬疑小说还要扣人心弦，内容十分丰富。"

十分无趣！日期叠着日期，名字叠着名字。相比之下，铁路时刻表都比这本书曲折丰富。

他记得一个片段是讲法官安东尼奥·洛·比安科身负外交使命去卡斯特罗乔瓦尼，中途从马上摔下来，摔坏了腿。为了这件芝麻粒大的事，法官用了二十二页纸讲。为了表示他确实读了这本书，蒙塔巴诺愚蠢地引用了这段文字。

所以，洛·比安科法官又用两小时讲了很多无用的细节。当法官终于离开时，警长顿时觉得头昏脑涨。

"哦，听着，亲爱的警长，别忘了向我汇报拉贝克拉的案子。"

※

当他回到马里内拉时，利维娅和弗朗索瓦都起床了。利维娅穿着泳衣，小男孩穿着内裤，两个人在玩水。他们用沙子垒了一个城堡，有说有笑。当然了，用的是法语。利维娅也说意大利语，夹杂着英语和德语。这所房子里最无知的就是他自己了，只记得上学时学过的三四个法语单词。

他铺好桌子，然后打开冰箱，发现还有昨天剩下的芝士意面和牛肉卷，然后放进微波炉里用小火加热，并以最快的速度换上泳衣，和两人玩耍起来。他首先注意到的是一个水桶、一把小铲子、一个筛子和一些小鱼、小星星的模具。这些当然都不是他的，也不是利维娅买的，因为今天是周日。更不会有天官赐福。

"这些是什么？"

"什么是什么？"

"铲子、水桶……"

"奥杰洛今早拿过来的。他太贴心了！本来是他小外甥的，去年……"

他不想听下去了。一头扎进海里，怒气难消。

当他们回到家时，利维娅看到硬纸托盘上满是小零食。

"你为什么买这些？你不知道甜食对孩子不好吗？"

"我当然知道。是你的好朋友奥杰洛不懂。他买了这些甜食。你们吃吧，你和弗朗索瓦。"

"我们玩的时候，你的朋友英格丽，就是那个瑞典女人，给你打过电话。"

一攻，一守，再反击。

"我们玩的时候"是什么意思？

利维娅和奥杰洛两人情投意合，这一点十分明显。从去年米米开车带着利维娅兜了一天的风之后就开始了。现在再续前缘了。他不在的时候，两个人都做了什么？交换暧昧的小眼神和微笑？相互赞美？

接着，他们开始吃饭。利维娅和弗朗索瓦不停地交头接耳，好像把蒙塔巴诺隔绝在一个透明气泡外面。但美食缓解了他的怒气。

"这盘牛肉卷真美味。"蒙塔巴诺说。

"你是指哪个菜？"

"牛肉卷，牛肉卷。"

"你这些西西里土话差点吓到我……"

"别开玩笑了。说说看，你的飞机是几点？我可以开车送你到巴勒莫。"

"哦，我忘了告诉你。我退了机票，也给我同事阿德里亚娜打过电话了，让她替我的班。我还要待几天。如果我突然走了，谁来照看弗朗索瓦呢？"

今天早晨的不祥预感成真了。这种感觉从早上他看到利维娅和弗朗索瓦相拥而眠的姿势就开始有了。在这种情况下，谁还能把他俩分开呢？

"你看上去不是很高兴……我不知道……生气了？"

"我？别胡说，利维娅！"

※

吃完饭后，小男孩的眼皮又开始不听使唤了。困意再次袭来，他肯定是累坏了。利维娅把他抱到卧室，给他脱了衣服，让他睡下。

"他告诉了我一些事。"她说着，把门虚掩上。

"告诉我,他都说了什么。"

"我们盖沙堡的时候,他突然问我,他妈妈还会不会回来。我说我什么都不知道,但是我确定,他妈妈有一天会回来看他的。他的脸沉了下来,我没再说什么。过了一会儿,他又提起这个话题,而且觉得他妈妈不会回来了,然后他没再提这件事。那孩子不知道发生了什么糟糕的事。突然,他又开始谈起这件事。他告诉我,那天早上,他妈妈匆忙回来,看上去很害怕,说他们必须要离开。他们跑到维拉斯塔中心,他妈妈说要坐巴士。"

"去哪儿的巴士?"

"他不知道。他们在等巴士的时候,一辆小车开了过来。他知道那辆车,车主经常打他妈妈。他叫法里德。"

"叫什么?"

"法里德。"

"你确定?"

"当然。他甚至跟我说了怎么拼:Fahrid,a 和 r 之间有个 h。"

所以,拉贝克拉先生的侄子,也就是金属灰宝马车的车主,有一个阿拉伯名字。

"继续说。"

"这个法里德下车,拽着卡里玛的胳膊,试图强行把她带上车。她拼命抵抗,喊着让弗朗索瓦逃跑,所以男孩跑了。法里德只顾得上拽着卡里玛,不得不放弃弗朗索瓦。后来,弗朗索瓦找到了一个藏身之处,不敢出来,也不敢回奶奶的住处,他这么叫她。"

"阿伊莎。"

"他太饿了，不得不抢其他孩子的零食过活。晚上，他回到家，发现房子一片漆黑，又害怕法里德在屋里等着他回来。他睡在外面，像一只被人追捕的动物。又一晚过去了，他实在无法忍受了，他必须不计后果回家，所以那晚他才来到房子附近。"

蒙塔巴诺保持沉默。

"你怎么看？"利维娅问。

"我认为弗朗索瓦已经成为孤儿了。"

利维娅脸色苍白，声音也开始颤抖。

"你为什么这么想？"

"我来跟你解释一下我的想法。当然，我的想法也是建立在你告诉我的这些信息的基础之上。大约五年前，这位迷人的突尼斯女士带着孩子来到咱们国家。她很轻松地就找了一份清洁工的工作，此外，根据要求，她还为老年男士提供特殊服务。就这样，她认识了拉贝克拉。但是某天，法里德出现在了她的生活里。他应该是个皮条客，或者类似的人。随后，法里德迫使拉贝克拉重新经营进出口贸易，给他当挡箭牌，掩护他做毒品、卖淫之类不可见的交易。拉贝克拉是个诚实的人。他发现情况不对，开始担心害怕，试图摆脱这种境况，只是手段很幼稚。想象一下，他都给自己的妻子写匿名信并往自己身上泼脏水了。事情一开始在朝着他希望的趋势发展，但是突然，我也不知道为什么，法里德要金盆洗手。这时，他需要除掉拉贝克拉。他安排卡里玛到拉贝克拉家待一晚，藏在拉贝克拉的书房里。拉贝克拉的妻子第二天要去菲亚卡看望她生病的姐姐。卡里玛大概跟他讲了，一等他妻子离开，就去他们的婚床上干些销魂的事。谁知道呢？第二天一早，拉贝克拉夫人一离开，卡里玛就打开门让法里德进来，杀了拉贝克拉。拉贝克拉很可能试图逃跑；这或许就是他在电梯里被发现的原因。除此之外，根据你刚刚跟我说的，卡里玛很可能不知道法里德要杀拉贝克拉。当她看到同伙杀害了拉贝克拉，她就逃跑了。但是，她还没有跑远；法里德就追上她，并绑架了她。最后，法里德很可能杀了卡里玛，好堵住她的嘴。证据就是他回到卡里玛的住处，清除了卡里玛所有的照片。他不想人们认出卡里玛。”

利维娅开始默默地抽泣。

※

蒙塔巴诺独自一人。利维娅已经躺在弗朗索瓦旁边。他不知道该做什么，于是走到阳台坐下。天空里，两只海鸥在争斗。沙滩上，一对年轻夫妇在散步，时不时亲吻对方，但是很无趣，就像依照剧本演出一样。他回到屋内，拿起杰苏阿尔多·布法立诺写的最后一本小说，就是那本讲盲人摄影师的小说，然后回到阳台。他瞥了一眼封面和护封，然后又合上了书。他无法集中精力，感到不安情绪在不断蔓延。突然，他明白了原因。

这只是一个假象，想象一个安静的周日午后，可能不是在维加塔，而是在鹿嘴村，一个小男孩一觉醒来叫他爸爸，还让他陪着玩……

惊恐扼住了他的喉咙。

10

　　他必须逃离,逃离这突如其来的"天伦之乐"。坐进车里的时候,他忍不住嘲笑自己正饱受精神分裂症的折磨。他理性的一面告诉他,想象中的局面很容易控制,而非理性的一面却催促他像现在一样不假思索地赶紧逃跑。

　　他到了维加塔,走进自己的办公室。

　　"有什么新消息吗?"

　　法齐奥没有回答他,而是问了他另一个问题。

　　"那个孩子怎么样了?"

　　"很好。"他有点不悦地说,"所以呢?"

　　"没什么大事。一个失业的男人拿着大木棍走进一家超市,砸坏了超市货架……"

　　法齐奥看上去像是受了惊吓。

　　"这个事的确发生了,头儿。您没听说吗?"

　　"老实说,没有。我以为现在每个人都有工作。"

　　法齐奥显然十分茫然。

　　"他们是怎么找到工作的?"

　　"通过忏悔,法齐奥。让他当证人,打击黑手党。这个失业的人毁了超市里的架子，他不是没事干的人，他就是个混蛋。你把他抓起来了没有？"

"抓起来了。"

"代表我告诉他，要他当证人。"

"什么案件？"

"什么案子都行！告诉他，搞出点事情来。但是他必须说自己已经忏悔了。说点套话。也许你可以给他点建议，告诉他说什么。他一旦当了证人，以后的日子就有着落了。会给他钱，给他房子住，还会送他的孩子上学。告诉他！"

法齐奥默默地看着他，然后说：

"头儿，今天天气挺好的，但你的脾气还是这么暴。为什么？"

"不关你的事！"

※

为了规避周日强制歇业的法律，蒙塔巴诺常去的恩佐餐厅想了一个绝妙的点子：在百叶窗下面搞了一个应有尽有的小卖铺。

"刚烤出来的花生，又好吃又热乎。"老板说。

警长又在纸筒里面加了二十多粒花生，里面本来已经有半筒鹰嘴豆和南瓜子了。

他独自一人若有所思地闲逛，走到东边的码头边上，比平时时间要长，直到日落。

※

"这孩子太聪明了！"利维娅一看到蒙塔巴诺进门就说道，"三个小时以前，我才教会他下跳棋。他就赢了我一盘。看，这一盘我也快输了。"

警长仍然站在他们旁边，看着这局棋的最后几步。利维娅犯了一个致命性的错误，弗朗索瓦迫不及待地吃了她两颗棋子。有意无意地，利维娅就是想让这孩子赢。如果是他和利维娅玩儿，利维娅肯定会使出浑身解数不让他赢的。有一次，她甚至弯下腰假装晕倒，把棋子弄了一地。

"你饿了吗？"

"如果你需要的话，我可以等会儿吃。"警长同意推迟晚饭。

"我们想出去散散步。"

当然，她指的是自己和弗朗索瓦。他也没想过要跟他们一起去。

蒙塔巴诺有模有样地摆好桌子，然后走到厨房，看看利维娅做了什么。但什么都没找到。厨房像北极一样荒凉。盘子和餐具闪闪发亮，一尘不染。她全身心投入到弗朗索瓦身上，甚至忘了做晚饭。于是，他马上看了一下家里还有什么吃的，可惜没剩多少了。头盘是蒜油意面。第二道菜是个杂拌，有腌沙丁鱼、橄榄、奶酪和金枪鱼罐头。无论如何，最糟糕的事会在第二天发生：当阿德莉娜过来整理房子做饭时，发现利维娅和一个小男孩在一起。这两个女人互不喜欢对方。有一次，因为利维娅说的一些话，阿德莉娜突然就放下手里的活儿扬长而去，直到确定对方离开，而且已在千里之外后才回来。

晚间新闻马上要播出了。他打开电视，调到维加塔电视台。屏幕上出现了让人厌恶的政治评论员皮波·拉贡涅丝。当蒙塔巴诺准备换台的时候，拉贡涅丝说的第一句话让他十分无语。

"维加塔警察局究竟发生了什么？"这位记者自问。看他说话的严肃劲儿，简直连巅峰期的托尔克马达都要比下去，让这位宗教裁判官都显得像是个逗乐的笑话。

他又继续说，他认为，由于枪杀案、抢劫案和纵火案等，这些天的维加塔就像禁酒令时期的芝加哥。人民大众的生命和自由正面临威胁。观众们是否知道，备受尊崇的蒙塔巴诺警长在这种悲惨的境遇下正在做什么？他说这话的时候，问号都快从屏幕里冲出来了，让拉贡涅丝鸡屁股似的脸更突出了。拉贡涅丝深吸一口气，以便更好地表达怀疑和愤慨，然后一字一顿地说：

"追－查－一－个－偷－零－食－的－贼！"

但是，我们的警长并不是自己在追查，而是带着自己的团队一起，把警局安全置之度外，只留下一个可怜的接线员。拉贡涅丝是怎么知道这个看似滑稽、实则可悲的事情的？因为他要连线奥杰洛副警长了解情况，于是拨通了警局的电话，但只听到接线员给他的这个不可思议的回答。起初，他以为是个不好笑的玩笑，但接线员坚持自己的说法。最终，他明白了，这不是个笑话，而是一个令人难以置信的事实。维加塔电视台的观众们知道他们是怎样被愚弄了吗？

"我到底做了什么才有坎塔雷拉这样的手下？"警长苦涩地自问，然后换了台。

自由频道的新闻节目在直播突尼斯籍船员——就是那个在拖网渔船"圣帕德雷"号上被枪杀的人——在马扎拉的葬礼。报道的最后，记者对突尼斯人首次出海就被害的经历表示遗憾。事实上，这个船员才刚刚来到镇子上，几乎没人认识他。他没有恶意，至少还没来得及在马扎拉干坏事。他三十二年前出生在斯法克斯，名字叫本·戴哈布。节目里还公布了他的照片，就在此时，利维娅带着小男孩散步回来了。弗朗索瓦看到电视里的照片时，笑着用小手指着说：

"我舅舅。"他说的是法语。

利维娅告诉萨尔沃关上电视，因为电视会影响她吃饭；而蒙塔巴诺则责备利维娅没准备晚餐。因此，两人呆呆地站在原地，用食指指着对方，但小男孩仍然指着屏幕。这一刻好像有天使飞过，说了一句"阿门"，所有人都被定格了一样。警长扭过身，想要证实自己对这句法语的理解是否正确。

"他刚刚说了什么？"

"他说，'我舅舅'。"利维娅无力地回答。

当照片从屏幕上消失的时候，弗朗索瓦回到桌子前，希望赶快吃晚饭，一点儿都没有被电视上他舅舅的事所影响。

"问问他，刚刚看到的那个人是不是他舅舅。"

"这个问题多蠢啊。"

"这不愚蠢。他们叫我'叔叔'，虽然我不是任何人的叔叔。"

弗朗索瓦说那个男人是他舅舅，他母亲的哥哥。

"他必须立刻跟我走。"

"你想带他去哪儿？"

"去局里。我想让他看一张照片。"

"不可能。没人会偷你的照片。弗朗索瓦需要先吃饭，然后我和你们一起去，我怕你把孩子弄丢。"

意面煮得太久了，已经不能吃了。

※

警局里只有坎塔雷拉。他看到这个临时组建的家庭和他上司的表情，感到有点害怕。

"这里一切都好，头儿。"

"但车臣并不好。"

警长打开了一个抽屉，把从卡里玛住处收集的照片拿出来。他挑了一张给弗朗索瓦看，但弗朗索瓦什么都没说，只是亲吻了妈妈的照片。

利维娅忍住哭泣。没有任何疑问，照片上和卡里玛合照的男人和电视里的遇害者十分相似。但是警长还是用法语问道：

"这是你舅舅吗？"

"是。"

"他叫什么？"

蒙塔巴诺觉得自己的法语还不错，但实际上他说话就像一个到埃菲尔铁塔或者红磨坊参观的游客。

"艾哈迈德。"小男孩说。

"只有艾哈迈德吗？"

"哦，不。艾哈迈德·穆萨。"

"你妈妈呢？她叫什么？"

"卡里玛·穆萨。"弗朗索瓦边说边耸耸肩，感觉答案实在太明显了。

蒙塔巴诺突然冲利维娅发火。利维娅被吓了一跳。

"你和这孩子整天在一起，和他一起玩儿，教他下棋，但你从来没问过他的名字！你要做的就是问问题！还有那个混蛋米米，他可真是个大侦探！他给你们带来水桶、小铲子、小模具、小零食！他本应该问孩子问题的，但他却没有！他只跟你说了话！"

利维娅没做任何回应。蒙塔巴诺立刻对这样大动肝火感到有点羞愧。

"抱歉，利维娅。我有点不安。"

"我知道。"

"问问他有没有见过他舅舅，包括最近。"

利维娅和小男孩温柔地交谈。随后利维娅告诉他，弗朗索瓦最近没见过他舅舅。弗朗索瓦三岁时，他妈妈带他到突尼斯时见过他舅舅，还有其他一些人。但是他也记不太牢了，他之所以能想起来，是因为他妈妈专门跟他说过这些。

由此，蒙塔巴诺总结出，两年前发生了一场阴谋。在某种程度上，从那时起，可怜的拉贝克拉先生的命运就已经注定了。

"听着！我现在有些工作需要处理。你带弗朗索瓦去看场电影。应该还能赶上最后一场。看完电影就回来。"

※

"喂？布斯卡诺！我是蒙塔巴诺。我已经知道那个住在维拉斯塔的突尼斯女人的全名了。你还记得吗？"

"当然记得。卡里玛。"

"她的名字叫卡里玛·穆萨。你能在移民局帮我查查她吗？"

"你是不是在开玩笑，警长？"

"不，我没开玩笑。怎么了？"

"什么？凭你的经验，你怎么会跟我提出这样的要求？"

"怎讲？"

"警长，你看，即使你告诉了我她父母的名字，她双方祖父母的名字，还有她的出生日期和出生地……"

"都没用？"

"你还想知道什么？在罗马，他们想颁布什么法律都行，但是突尼斯人、摩洛哥人、利比亚人、佛得角人、塞内加尔人、卢旺达人、阿尔巴尼亚人、塞尔维亚人和克罗地亚人不受这些法律管辖。我们现在身处被诅咒的罗马圆形大剧场，没有任何脱逃之门。事实上，我们在事发第二天就发现卡里玛的住址了，但她的住址不在普通辖区内。那个辖区很奇妙。"

"好吧。无论如何，试着找找看。"

※

"蒙塔巴诺，偷其他孩子零食的人你查得怎么样了？他是个疯子吗？"

"不，不，局长先生。他只是个饥饿难耐的小男孩。因为饿了才去抢孩子们的零食，仅此而已。"

"你是什么意思？什么叫仅此而已？我早就知道了，你时不时地，我该怎么说呢，不务正业。但现在，坦白说，我觉得……"

"局长先生，我向您保证，这种事不会再发生了。我们抓那个孩子绝对是有必要的。"

"是吗？"

"是的。"

"那你是怎么处理他的？"

"我把他带回家。利维娅在照顾他。"

"你疯了吗？蒙塔巴诺。你必须立刻把他还给他父母！"

"他没有父母。他可能是个孤儿。"

"什么意思？'可能是个孤儿'？务必调查清楚！"

"我正在调查。但是弗朗索瓦……"

"你说谁？"

"就是那个小男孩。弗朗索瓦是他的名字。"

"他不是意大利人？"

"不是。他是突尼斯人。"

"听着，蒙塔巴诺，先停一停，我有点听不懂了。你明天早上到我办公室来一趟，跟我解释一下这件事。"

"抱歉，明天不行。明天我必须去一趟维加塔。事情非常重要，相信我。我不是在推脱。"

"那明天下午碰面。我是认真的，别让我失望。咱们打密线吧，彭纳基奥副厅长在这儿呢……"

"那个被指控与黑手党勾结的家伙？"

"正是。他正准备向内政部长提案。他想要你的命。"

确实。正是蒙塔巴诺自己提出要调查这位饱受尊敬的副厅长。

※

"尼科洛吗？我是蒙塔巴诺。我想请你帮个忙。"

"有什么新鲜事？说吧。"

"你还要在自由电视台待多久？"

"我要做一个午夜新闻，然后就回家。"

"现在是十点钟。如果我半小时内拿着照片到录音室，赶得上吗？"

"可以。我等你。"

※

起初，他一听到"圣帕德雷"号渔船的事就觉得不妙。事实上，他完全可以不插手。但是现在，命运抓住了他的头发，把他摔在地上，就像一个人教猫咪不要在某些地方尿尿一样。利维娅和弗朗索瓦再过几分钟就要回来了，那孩子不会再在电视上看到自己舅舅的照片，可以安安静静地吃晚饭了。一切都是那么美好。他诅咒着自己：我真是个没救了的警察。换做其他人处在他的情况下都会说：

"哦？这个孩子认出了自己的舅舅，不是吗？太好了！"

他本来会用叉子吃第一口饭，但是他不能。他必须把头埋到晚餐里大口吃。达希尔·哈米特对这种行为有很深的研究，称之为"狩猎本能"。

"照片在哪儿？"蒙塔巴诺一走进来，尼科洛马上问。

"你想听我说说整件事吗？或者只听一些细节？"

"如实说。"

尼科洛·齐托离开房间，但立刻就回来了，照片也不见了，然后舒服地坐在椅子上。

"告诉我一切。但最重要的是，告诉我那个偷零食的贼。皮波·拉贡涅丝认为这是件小事，但我不这么认为。"

"我现在没时间，尼科洛，相信我。"

"不，我不相信。请问，偷零食的孩子是不是你刚刚给我的照片里的那个男孩？"

尼科洛聪明得让人觉得害怕。最好还是乖乖配合。

"是的，就是他。"

"他妈妈是谁？"

"是卷进那日谋杀案的一个人——你知道，就是那个在电梯里发现死者的案子。但是别再问我其他问题了。要是有进展的话，我会第一个告诉你，我保证。"

"你能至少告诉我，我该怎样描述这个照片吗？"

"当然。你的语调应该是像讲一个悲伤、难过的故事一样。"

"所以，你现在是导演了？"

"你要说，一名突尼斯老妇哭着找到你，求你在电视上拿出照片。她和照片上的母亲以及孩子已经失联三天了。他们的名字分别是卡里玛和弗朗索瓦。看到他们的人请联系维加塔警局。我们会对报信人进行匿名保护等。"

"就按照你说的办。"尼科洛·齐托说。

※

回到家，利维娅立刻走向床边，孩子也在她身边。蒙塔巴诺却站在原地，等着看午夜的新闻报道。尼科洛按照他所说的，尽可能地让照片在屏幕上停留更长时间。节目结束后，警长打电话给尼科洛表示感谢。

"你能再帮我个忙吗？"

"我都想收你信息费了。说吧，什么事？"

"明天的下午新闻时间能再把这些内容重复一遍吗？我感觉这个时间段会有更多人看到。"

"好的，遵命！"

蒙塔巴诺回到卧室，把弗朗索瓦从利维娅的怀里抱出来，带到客厅，让他睡到利维娅已经铺好的沙发上，然后冲了个澡，躺了下来。尽管利维娅已经睡着了，但是她还能感到蒙塔巴诺在他旁边，于是后背贴近他，整个身体靠着他。利维娅半睡半醒的时候经常喜欢这么做。但这一次，当蒙塔巴诺爱抚她的时候，她却躲开了。

"别这样。弗朗索瓦可能会醒。"

蒙塔巴诺愣了一会儿。他从没想过会上演这样的亲情温馨戏码。

※

他起了床。无论如何，睡意都离他而去了。在回马里内拉的路上，他在思考他本来想做什么，随后他想起来了。

"瓦伦特吗？我是蒙塔巴诺。抱歉在这个时候打扰你休息。我需要立刻见你，事情非常紧急。我明早十点左右到马扎拉，可以吗？"

"当然。你能给我一些……"

"这是个非常复杂、不好理解的事。我有预感，这和那个被杀的突尼斯人有关。"

"本·戴哈布。"

"这只是刚开始的判断。他的名字应该叫艾哈迈德·穆萨。"

"哦，该死！"

"确实是。"

11

蒙塔巴诺讲完后，瓦伦特副局长说道："这里面未必就有关联。"

"如果你真的这么认为，那就帮我个忙。咱们大路朝天，各走一边。你接着查这个突尼斯人为什么要用化名；我去查拉贝克拉被杀、卡里玛失踪的原因。如果两条线索以后恰好碰了头，咱们就假装互不知晓，连招呼都不要打，可以吗？"

"天哪！你干脆大发一通脾气好了！"

安吉洛·托马西诺警官今年三十岁，看起来像银行出纳员，就是那种数钱手速惊人，哪怕递给你五十万里拉零钱也要数上十遍的家伙。他现在出手来支援他的上司了：

"不管怎么说，这并非必然是真的。"

"什么并非必然是真的？"

"本·戴哈布是一个化名。他的全名也许是本·艾哈迈德·戴哈布·穆萨。谁知道呢？阿拉伯人名字都是一串。"

"我告辞了。"蒙塔巴诺站起身说道。

他的血液已经沸腾了。瓦伦特认识他很久了，也意识到了这一点。

"要是按你说的，我们应该怎么做？"他简短地问道。

警长坐了回来。

"比方说，在马扎拉找找有谁认识他。他是怎么找到门路上了那艘渔船，如果他正规文件都有的话。去搜一搜他住的那一片。这些还用得着我说吗？"

"不用，"瓦伦特说道，"我只是想听你说出来。"

他从桌上拿起一张纸，递给蒙塔巴诺。这是一张本·戴哈布住处的搜查令，已经盖好章签好字了。

"我今天一大早晨就去把法官叫醒了，"瓦伦特微笑着说，"要不要一块儿去？"

※

欧内斯蒂娜·拉克洛·皮普是个寡妇，她坚决说自己不是靠租房为生的。她故去的丈夫确实给她留下了一间房子，面积不大，在一楼，以前是理发店——用现在的话说叫"美发沙龙"，不过不管怎么叫，它肯定算不上真沙龙。警长一行人很快就会过去了。不过话说回来，针对这间——管它叫什么——搜查令有什么用？他们只要过来说，"皮普夫人，我们要干点事。"她就肯定会乖乖的。不乖的都是那些有东西要隐藏的人。至于皮普夫人，除了个别社会不安定分子，每个马扎拉的人都可以作证，她一贯清白，简直是一尘不染，现在也一样。那个死去的突尼斯人是什么样的？你们看，先生们，她无论如何也不会把房间租给非洲人的。那种身黑如墨的家伙，只要跟马扎拉人肤色有一点不一样都不行。绝对不行！她很害怕那些非洲人。那么，她为什么还要把房间租给本·戴哈布呢？他是个有教养的翩翩绅士！一个真正的君子，什么地方都找不到，哪怕在马扎拉也找不到。是的，先生，他讲意大利语，至少大部分时候都能讲清楚。他还给她看了自己的护照。

"等一下！"蒙塔巴诺说。

"等一下！"瓦伦特同时说道。

"没错，先生们，他的护照上面是那种阿拉伯字母，甚至还有另一种语言呢。英语？法语？不知道。照片跟真人相符。如果他们真的想要确认，她甚至按法律规定签了正式的租赁声明。"

"他什么时候来的？具体点。"瓦伦特问道。

"十天前。"

在这十天里，他成功地找到了房子和工作，还让自己死于非命。

"他跟你讲过准备待多久吗？"蒙塔巴诺问道。

"再待十天。不过……"

"不过？"

"好吧，他想预支我一个月的房租。"

"你问他要了多少钱？"

"我开口要九十万。不过你也知道阿拉伯人的德行。他们不停地跟你讨价还价，最后我都准备减到六十万、五十万了……但是他没让我说完。他把手伸进口袋，拿出一厚沓钞票，跟酒瓶子那么厚，把橡皮筋解开，然后点出了九张十万里拉。"

"把钥匙给我们，并给我们好好介绍一下房子。"蒙塔巴诺插了句话。在这位寡妇看来，这个突尼斯人的教养集中体现在酒瓶那么厚的一沓钞票上。

"给我一分钟，我准备好了跟你们一块儿进去。"

"不用了，夫人，你在这里待着就行。我们一会儿把钥匙还你。"

※

一张锈迹斑斑的铁床。一张摇摇晃晃的桌子。一个衣柜，原本放镜子的地方现在是三合板。三把藤扶椅。卫生间很小，里面有马桶、水槽和一条脏毛巾，架子上摆着剃须刀、剃须膏和梳子。他们回到了单间。椅子上放着一个蓝色帆布包，打开后是空的。

衣柜里放着一条新长裤、一件干净的深色夹克衫、四双袜子、四条平头短裤、六条手绢、两条内裤，全都是崭新的，没穿过。衣柜角落里放着一双很新的拖鞋，拖鞋对面是一个小垃圾袋，里面装着待洗的衣服。他们把待洗衣物都倒在了地板上，没发现异常。他们在这里逗留了一个小时左右，四下搜索。就在感到毫无希望的时候，瓦伦特幸运地发现了一些东西，其中有一张从罗马去巴勒莫的飞机票。它不是被藏起来的，显然是掉下来，卡在了铁质床头和床板之间。机票是十天前售出的，乘机人是戴哈布先生。那么，艾哈迈德是当天上午十点抵达巴勒莫，最多两个小时后就到了马扎拉。他之前是向谁询问过租房的事呢？

"蒙塔鲁萨警局有没有把私人物品和尸体 块送来给你？"

"当然送了，"瓦伦特说，"一共一万里拉。"

"护照呢？"

"没有。"

"他的那么多钱呢？"

"如果他把钱留在了这里，我肯定这位夫人早就料理好了。

她可是个清白人。"

"他兜里连家门钥匙都没有?"

"没有。非要我说出来吗?用不用我唱给你听?他只有一万里拉,别的没了。"

※

在瓦伦特的传召下,十分钟后,拉赫曼校长来了。他是一名小学老师,看上去跟西西里本地人无异。他是本国人与马扎拉当局之间的非正式联络人。

蒙塔巴诺一年前见过他,当时在办一起后来被称为"陶狗案"的案件。

"你刚才是在上课吗?"瓦伦特问道。

马扎拉一所学校的校长腾出了几间教室,供当地的突尼斯儿童上课用。这是他自愿的,而不是上级要求的,实在是很难得的善举。

"是的,但我找人来代课了。有什么事吗?"

"或许你能帮我们搞清楚几件事。"

"关于什么事?"

"是关于一个人。本·戴哈布。"

瓦伦特和蒙塔巴诺之前已经决定了,不要一上来就把全部情况告诉这位老师。之后看他表现再决定要不要全讲。

听到这个名字后,拉赫曼毫不掩饰地表现出了不安。

"你们想知道点什么?"

瓦伦特先上。蒙塔巴诺只不过是作陪的。

"你认识他?"

"大概十天前吧，他来找我，做了自我介绍。他知道我是谁，我代表谁的权益。你看，去年一月前后吧，一家突尼斯报纸发了一篇讲我们学校的文章。"

"他跟你说了什么？"

"他说自己是记者。"

瓦伦特和蒙塔巴诺快速交换了一下眼神。

"他想拍一部专题片，讲我们国家的人在马扎拉的生活。但是在其他人面前，他要装成一个求职者。他还想要上渔船。我把他介绍给了同事迈达尼。迈达尼又把他介绍给了皮普夫人谈租房的事。"

"你之后见过他吗？"

"当然见过。我们碰巧见过好几次。我们还一块儿过了节。他已经，怎么说呢，完全融入了。"

"他上渔船是你安排的吗？"

"不是。也不是迈达尼安排的。"

"他的葬礼是谁出的钱？"

"我们。我们有一小笔应急基金，就是为这种事情准备的。"

"是谁把本·戴哈布的照片跟信息捅给电视台记者的？"

"是我。在刚才说的那次节庆上有一名摄影师。本·戴哈布拒绝了。他不想让别人给他拍照。但那个人已经拍了。于是，电视台的人过来后，我就弄到了照片，交给了对方，还有一些本·戴哈布自己讲的他自己的事。"

拉赫曼擦了擦汗。他现在更不自在了。瓦伦特是个好警察，就那么看着他汗如雨下。

"不过，这里面有点奇怪的事。"拉赫曼决定开口了。

蒙塔巴诺和瓦伦特好像没听到这句话，似乎处在神游状态。实际上，他们在密切关注着动向，就像两只闭着眼睛，看起来睡着了、其实是在数星星的猫。

"昨天，我联系了那家突尼斯报纸，跟他们讲了这起事故以及后事安排。我刚跟那个报社编辑说本·戴哈布死了，他就开始大笑，说我的笑话一点也不好笑：本·戴哈布就在他隔壁房间里，正在打电话呢。然后对方就挂了。"

"会不会单纯是重名呢？"瓦伦特主动问道。

"绝对不是！他跟我讲得很清楚。他专门说过自己是那家报社派来的。所以他骗了我。"

"他在西西里有没有亲戚，你了解吗？"蒙塔巴诺第一次发话了。

"我不知道，我们从来不谈这事。要是他在马扎拉有亲戚，也就不会来找我求助了嘛。"

瓦伦特和蒙塔巴诺再次用眼神交换了意见。蒙塔巴诺一言不发，让自己的老朋友发出第一枪。

"艾哈迈德·穆萨这个名字你有印象吗？"

这不是一枪，简直是轰鸣一炮。拉赫曼从椅子上跳了起来，落下来之后浑身颤抖。

"什么……怎么……艾哈迈德·穆萨跟这事也有关系？"校长结巴地说道，上气不接下气。

"请原谅我的无知，"瓦伦特继续顽固地说道，"但是，这个人怎么把你吓成了这样？"

"他是个恐怖分子。一个……杀人犯，嗜血的杀手。他跟这事有什么干系？"

"我们有理由相信本·戴哈布的真实身份是艾哈迈德·穆萨。"

"我有点难受！"拉赫曼校长小声说。

※

拉赫曼被吓倒了。从他颤抖的话语中，两人了解到，艾哈迈德·穆萨的真名很少有人大声说出来，都要压低声音说。基本没有人知道他长什么样。他前一阵子召集亡命之徒搞了一支准军事组织。三年前，他炸掉了一家当时正在播放法国儿童动画片的小影院。那次事件让他臭名昭著。在遇难观众中，最幸运的就是死者，其他幸存下来的人要么瞎了，要么落下残疾。他们坚持极端的民族主义，简直极端到了抽象的地步，至少从他们的宣传册来看是这样的。即便是最不妥协的原教旨主义者对穆萨及其手下也持怀疑态度。他们的资金几乎无穷无尽，但无人知道金主是谁。突尼斯政府对艾哈迈德·穆萨发布了高额赏金。拉赫曼校长就知道这么多。一想到他曾经帮助过这位恐怖分子，他就颤抖不已，就像得了恶性疟疾似的。

"你也是被骗了嘛。"蒙塔巴诺说道，想要安慰他。

"如果你担心后果，"瓦伦特补充说，"我们可以给你做担保，证明你完全清白。"

拉赫曼摇了摇头。他解释说，自己感到的不是担心，而是恐怖。让他感到恐怖的是，在他自己的生活里，竟然与这样一位残杀无辜儿童的冷血杀手有过交集，不管这交集是多么短暂。

他们尽可能地安慰了校长，离开前专门嘱咐他，三人的谈话一个字也不要对别人说，对他的同事兼朋友迈达尼也不能说。如果有别的需要，他们会给他打电话。

"即使是晚上，你们打电话过来，也没关系。"这位老师说道，意大利语突然没有刚才流利了。

※

在讨论了解到的情况之前，他们点了一杯咖啡，静静地喝掉，一语不发。

"显然，这个人上船不是为了学习渔业技术。"瓦伦特首先发话了。

"也不是为了把自己害死。"

"我们得看看渔船船长怎么说。"

"你想把他传唤到这里？"

"为什么不呢？"

"他只会把跟奥杰洛说过的话重复一遍。最好还是先试着了解一下码头上的人都怎么想。你一言，我一语，咱们没准就能掌握很多新材料。"

"我让托马西诺也加入。"

蒙塔巴诺做了个鬼脸。他真是受不了瓦伦特的这个副手，但这不是一个好理由，尤其不是一个能说出来的理由。

"你不喜欢这个主意？"

"我？你喜欢就行。你的人是你的人。你比我了解他们。"

"得了吧，蒙塔巴诺，别说假话。"

"好吧，我不觉得他能胜任这项工作。他一副税务员的做派。只要他在，没有人会跟他掏心窝子。"

"没错，你说得对。我让特里波迪来吧。他是个机灵的小伙子，什么都不怕。他爸爸还是个渔民。"

"要点在于，搞清楚拖网渔船与巡逻艇相遇的那天晚上到底发生了什么。不管你从哪个角度看，整件事都串不起来。"

"那会是什么样呢？"

"我们暂且放下他是怎么上了渔船这件事。艾哈迈德出海是有特定目的的，只是我们不知道。我在问自己：他跟船长和船员透露了自己的目的了吗？他是出海前还是在海上透露的呢？我认为，他透露了目的，虽然我不知道时间，而且大家都同意跟着他干。否则，他们肯定会掉头返航，让他上岸。"

"他或许是拿着枪逼迫他们的。"

"如果是这样，船长和船员一旦回了维加塔或马扎拉，他们就肯定会把实情说出来。又没什么损失。"

"没错。"

"我接着说。除非艾哈迈德的目的是在祖国海岸附近被杀，否则我只能提出两种假设。第一个是他想要在深夜沿着海岸线找一个无人的角落上岸，悄无声息地回突尼斯。第二个是他在海上安排了一次会面，秘密谈话，而且他本人必须亲自到场。"

"我觉得第二个假设更靠谱。"

"同感。这样的话，之后肯定发生了意外。"

"他们被拦截了。"

"是的。但是，这个假设在此处说不通。假设突尼斯巡逻艇不知道艾哈迈德在渔船上。他们在本国领海内拦截了一艘渔船，渔船试图逃跑，于是巡逻艇机枪朝它开火，接着艾哈迈德·穆萨被击毙，纯属偶然。不管怎样，我们了解到的就是这样。"

这次轮到瓦伦特做鬼脸了。

"你不相信？"

"我想到了沃伦委员会对肯尼迪暗杀案的说法。"

"我还有另一个版本。艾哈迈德本来要见的人没有出现，而出现的人枪杀了他。"

"也可能他见到了要见的人，但两人发生意见分歧，大吵一架，不可开交，最后这个人枪杀了艾哈迈德。"

"用船上的机枪？"

他马上意识到了自己刚才说了什么。蒙塔巴诺没有得到瓦伦特的批准，就一边咒骂着，一边抢过电话，呼叫蒙特鲁萨的亚科穆齐。等着接通的时候，他问瓦伦特：

"在交给你的报告里有没有讲子弹口径？"

"很笼统，只说是火器。"

"你好？哪位？"亚科穆齐问道。

"听着，巴度[1]。"

"巴度？我是亚科穆齐。"

"不过，你不是盼着自己当皮波·巴度吗？你好好跟我讲讲，

---

1 译者注：意大利著名音乐人，主持参与多个电视节目。

他们到底是用什么杀了渔船上那个突尼斯人。"

"火器。"

"真是怪事！我还以为他是被枕头闷死的呢！"

"你逗得我都要吐了。"

"告诉我，到底是什么火器。"

"冲锋枪，大概是蝎式吧。我在报告里没写吗？"

"没写。你确定不是艇载机枪吧？"

"当然确定。你知道的，这种巡逻艇上配备的武器连飞机都能射下来。"

"真的吗？你的科学准确性真是让我震惊，亚科穆齐。"

"跟你这么个白痴，你指望我怎么说话呢？"

※

蒙塔巴诺复述了电话内容后，两人无言地坐了一会儿。瓦伦特最后开口了，说的话正是警长在思考的问题。

"我们能确定巡逻艇是突尼斯的吗？"

当时已经有点晚了，于是瓦伦特邀请警长到自己家里用午餐。但是因为蒙塔巴诺已经亲自领教过副局长夫人令人恐惧的厨艺，于是拒绝了，说自己必须马上回维加塔。

他钻进车，没开几英里就在岸边看到了一家餐厅，于是下车挑了个座位坐下。他一点儿也不后悔。

12

　　他上次跟利维娅说话已经是好几个小时以前了。他感到有些内疚：她可能正为自己担心呢。在等着餐后茴香酒的时候（双人份的鲈鱼已经开始撑了），他决定给她打个电话。

　　"你那边还好吗？"

　　"你的电话把我吵醒了。"

　　原来她就是这么担心他的。

　　"你睡着了？"

　　"是的。我们游了很长时间的泳。水很暖和。"

　　看来没有他在场，他们玩得很好嘛。

　　"你吃了吗？"利维娅问道，纯粹是出于礼貌。

　　"我吃了个三明治。我在路上了，最多一个小时就回维加塔。"

　　"你回家吗？"

　　"不了，我还得去上班。晚上见。"

　　他感觉对面传来了一声宽慰的叹气声。这肯定是他脑补的。

※

　　但是，他实际上花了不止一个小时才回到维加塔。在城外，离警局还有五分钟车程的地方，车突然抛锚了。他怎么也打不着火。

蒙塔巴诺下了车，打开前盖，查看了一下发动机。这纯粹是象征性的，是某种驱魔仪式，因为他对车一窍不通。要是有人告诉他，真车的发动机跟某种玩具车的一样，是由弹簧和橡皮筋组成的，他没准都会相信。一辆坐着两个人的宪兵队车从旁边驶过，停下来帮忙。他们想了一会儿。一个是下士，另一个是他上司。警长以前没见过他们，他们也不认识蒙塔巴诺。

"我们能帮上什么忙吗？"下士礼貌地问道。

"谢谢。我不知道怎么回事，发动机突然熄火了。"

他们在路边停靠后下了车。下午那一班的维加塔－菲亚卡公共汽车在不远处停了下来，一对老夫妇上了车。

"发动机看起来没问题，"上司说，接着微笑着说，"要不要看看油箱？"

里面一滴油都没了。

"我跟你说啊……"

"我叫马蒂内斯。我是个会计。"蒙塔巴诺说。

绝不能有人知道蒙塔巴诺警长被宪兵队搭救了。

"好吧，马蒂内斯先生，你在这里等等。我们去最近的加油站把燃油带回来，够你开回维加塔。"

"你们真是太好心了。"

他回到车里，点了一根烟，马上就听到车后面传来刺耳的喇叭声。菲亚卡－维加塔的班车正要他让路呢。他走出来，打手势说自己的车抛锚了。司机花了好大劲才绕过警长的车，停在了不久前反方向的车停靠的地方。四个人下了车。

蒙塔巴诺坐在车里，盯着开往维加塔的车。接着宪兵们回来了。

※

他到办公室的时候已经四点了。奥杰洛不在。法齐奥说从上午起他就没影了。他九点来露了个脸，然后就不见了。蒙塔巴诺马上就火了。

"大家都是想干什么干什么！无所谓！拉贡涅丝说的还真没错，等着瞧吧！"

"新鲜事？没有。对了，拉贝克拉夫人打来电话告诉警长，她丈夫的葬礼将于周三上午举行。有一个叫费诺基亚诺的土地测量员从两点起就在等着警长了。"

"你认识他？"

"就是见过。他退休了，挺老的。"

"他想干什么？"

"他不肯跟我说，不过看起来很沮丧。"

"让他进来。"

法齐奥说得没错。这个人看起来沮丧极了。警长请他坐下。

"我能喝点水吗？"土地测量员问道，他肯定口干舌燥了。

喝完水后，他说自己叫朱塞佩·费诺基亚诺，七十五岁，未婚，退休前是土地测量员，住在马可尼街 38 号。案底清白，连交通肇事都没有过。

他停了一下，饮尽了杯中的最后一滴水。

"今天电视上下午的新闻节目里播了一张照片，一个女人和一个小孩。里面说了什么让你觉得有话要告诉我们？"

"是的。"

好的，停一下。在这个时候，多说一个字也可能会引起怀疑，让他改变主意。

"我认识这个女的，她叫卡里玛。小孩我没见过。实际上，我都不知道她还有个儿子。"

"你怎么认识她的？"

"她每周来我家打扫一次卫生。"

"礼拜几？"

"礼拜二上午。她来四个钟头。"

"跟我说说，你付她多少钱？"

"五万。但是……"

"但是……"

"有时会多给二十万，别的事。"

"比方说，口交？"

这个残酷的问题是警长精心考虑过的。前土地测量员一开始脸色煞白，接着羞红了。

"是的。"

"好吧，我来把话说明。她一个月来你家四次。这些别的事，频率多高？"

"一个月一次，最多两次。"

"你怎么遇见她的？"

"一个朋友跟我讲起她的，他也退休了。曼德里诺教授。他跟女儿一块住。"

"那教授就没有别的事了吧？"

"也有的。他女儿是学校老师，每天早晨都要去上班。"

"卡里玛礼拜几去教授家？"

"礼拜六。"

"要是没有别的事，费诺基亚诺先生，你可以走了。"

"谢谢你能理解我。"

他尴尬地站起身来，看着警长。

"明天就是礼拜二了。"他说。

"所以呢？"

"你觉得她还会来吗？"他的心脏承受不了失望的打击。

"可能吧。她要是去了，你就跟我说一声。"

※

接下来要挨个询问了。恩托尼奥走了进来，跟前是他哀号着的妈妈。蒙塔巴诺在维拉斯塔见过他，他因为不肯把吃的交出去而被打了。他肯定在电视上认出了小偷。就是他，毫无疑问。恩托尼奥的妈妈大声喊叫着，简直能把死人吵醒。她满嘴都是脏话，向着被吓坏的警长说出了自己的要求：给那个小贼判三十年，给他妈妈判无期。就像人间的法律还不够似的，她还要让当妈的永世不得翻身，当儿子的一辈子百病缠身。

但是，她儿子对母亲的歇斯底里不为所动，摇了摇头。

"你也想要他死在监狱里吗？"警长问他。

"不，"男孩坚定地说，"我现在看见他心里很平静，他看起来不像是坏人。"

※

保罗·吉奥多·曼德里诺，七十岁，退休前是历史学与地理学教授。卡里玛给他做的"别的事"里包括洗鸳鸯浴。在每个月的四个周六上午，他有一天会全身赤裸地躲在床单下面，等着卡里玛过来。当卡里玛让他去洗澡时，他会假装很不情愿，然后卡里玛会掀开床单，让教授翻过身去，打他的屁股，最后把他弄进浴缸后，卡里玛会仔细地打满肥皂，给他冲洗身体。就这些。额外服务，收费十五万里拉。家政服务，收费五万里拉。

※

"蒙塔巴诺吗？听着，我今天没法见你了。我要跟市长见面。"

"您说个日子吧，局长大人。"

"好吧，其实也不是特别急。不管怎么说吧，奥杰洛警官在电视上发言之后……"

"米米？！"他大声叫嚷了出来，就跟唱《波西米亚人》似的。

"是啊，你不知道？"

"不知道。我在马扎拉。"

"他上了午间一点的新闻。他言辞激烈地否定了之前的报道。他说拉贡涅丝没有好好听自己讲话。目前在找的人不是偷零食的贼，而是潜行[1]的贼，是一个危险的毒瘾者，拿着用过的针管四处晃悠，以免被抓。奥杰洛替警局全体人员做了道歉。这招很有效。我觉得彭纳基奥副厅长可能已经冷静下来了。"

---

1 译者注：零食 snack 与潜行 sneak 发音相近。

※

"咱们见过。"维托里奥·凡多夫会计走进办公室，然后说道。

"是啊，"蒙塔巴诺说，"你想做什么？"

他说得很直接，丝毫没有开玩笑。如果凡多夫是来说卡里玛的事，那就意味着他之前讲不认识她是撒谎。

"我来是因为在电视上播放了……"

"一张卡里玛的照片。你说过对她一无所知。你为什么不早点告诉我？"

"警长，这里面比较微妙，有的时候还有点尴尬。你知道，在我这个年纪……"

"她礼拜四早晨上你那里去？"

"是的。"

"打扫卫生你付她多少？"

"五万。"

"别的事呢？"

"十五万。"

真是统一定价。只不过凡多夫每个月要两次别的事。但是，这一次洗澡的是卡里玛。之后，这位会计会扶她上床，闻遍她的全身，偶尔还舔一口。

"告诉我，凡多夫先生。你、拉贝克拉、曼德里诺、费诺基亚诺这几个人都是定期跟她玩这些吗？"

"是的。"

"谁最先提的卡里玛？"

"可怜的老拉贝克拉。"

"他的经济状况怎么样？"

"好极了。他有差不多十亿里拉的国债券，公寓和办公室也都是他自己的。"

周二、周四、周六下午的三位顾客都住在维拉斯塔，都是鳏居多年的老人。价格与维加塔一样。马蒂诺·扎卡是开杂货铺的，额外服务是让卡里玛亲吻他的脚跟。路易吉·皮格纳塔罗是退休的中学校长，项目是捉迷藏。校长会把她扒光，把眼睛蒙住，然后躲起来。卡里玛要去四处找他，找到后坐在椅子上，让校长坐在自己的大腿上，给他吮吸自己的乳房。蒙塔巴诺询问农学专家卡洛杰罗·皮皮托内，他的"别的事"是什么时，对方一头雾水地看着警长。

蒙塔巴诺真想拥抱他。

※

卡里玛周一、周三、周五全天都在拉贝克拉家，所以不会有其他顾客了。奇怪的是，卡里玛是周日休息，而不是周五。她显然是入乡随俗了。蒙塔巴诺很好奇她一个月能挣多少钱，不过他是数字盲，于是打开门大声喊道：

"谁有计算器？"

"我有，警长。"

坎塔雷拉走了进来，从口袋里掏出一个比名片大不了多少的计算器。

"你拿它算什么，坎塔？"

"日子。"他给出了这个谜一般的回答。

"等会儿过来拿。"

"我得告诉你，这个机器靠扭[1]的。"

"什么意思？"

坎塔雷拉误以为上司是不明白最后一个词，于是跨出房门喊：

"ammuttuna 用标准意大利语怎么讲？"

"拧。"有人翻译了出来。

"我怎么拧计算器？"

"就跟表不转了一样拧。"

不管怎么说，光拉贝克拉一家，卡里玛做家务每个月赚一百二十万里拉，"别的事"另有一百二十万里拉。因为是全天为他服务，拉贝克拉至少还要另付她一百万。每个月三百四十万里拉，还免税。一年就是四千零八十万里拉。

根据他们的回忆，卡里玛至少在这片区域干了四年，那就是一亿六千三百二十万里拉。

存折里其余的三亿二千四百万里拉是哪里来的？是谁给的？

计算器一切正常，用不着去扭。

※

其他几间屋子里突然爆发出了一阵掌声。发生什么事了？他打开门，发现米米·奥杰洛正春风得意，说得唾沫横飞。

"活都不干了？闹什么？"

大家惊惧地看着他，只有法齐奥试图解释一下情况。

---

1 译者注：原文为 ammuttuna，西西里岛的土话。

"警长，你可能不知道，不过奥杰洛……"

"我都知道了！局长亲自打电话要求我做出解释。奥杰洛自作主张，不经我允许——我跟局长特别强调了这一点——就上电视去胡说八道！"

"这个，如果我能……"奥杰洛壮着胆子说。

"你能什么？信口开河！胡说八道！"

"我这么做是为了保护大家伙儿。"

"你不能为了保护你自己就对说真话的人撒谎。"

他回到办公室，狠狠地摔上了门。蒙塔巴诺是一个坚守道德的人，看到奥杰洛受到掌声的热烈欢迎，感到怒不可遏。

※

"我能进来吗？"法齐奥问道，推开门，小心地把头探了进来。"詹努佐神父来了，有话要跟你说。"

"让他进来。"

阿尔菲奥·詹努佐神父从来不穿法袍，在维加塔因慈善活动而闻名。他是一个高大健壮的男人，年约四十。

"我喜欢骑自行车。"这是他说的第一句话。

"我不骑车。"蒙塔巴诺说道，害怕神父会拉他参加慈善自行车大赛。

"我在电视上看到那个女人的照片了。"

这两件事似乎毫无关联。警长开始感觉不舒服了。这会不会意味着，卡里玛其实周日也工作，客户就是詹努佐神父？

"上周四，大约上午九点，前后十五分钟吧，我到了维拉斯

147

塔附近。我当时是从蒙特鲁萨往维加塔骑的。在道路的另一边，一辆汽车停了下来。"

"您还记得是什么车吗？"

"记得，是一辆宝马，金属灰。"蒙塔巴诺竖起了耳朵。

"车里一男一女，好像在接吻。不过我从旁边骑过去的时候，女的很大力地挣脱出来，盯着我看，若有所言。但是那个男的使劲把她拽了回去，又抱住了她。我不喜欢那个场面。"

"为什么？"

"因为那不只是情侣吵架。那个女人看我的时候，眼睛里满是恐惧。她好像在求救。"

"你做了什么？"

"什么都没做，因为车马上就开走了。不过，当我看到今天电视里播的照片的时候，我知道就是我见到的车里的那个女人。我可以发誓。我认脸很准的，警长。我只要见过，哪怕只有一秒钟，我这辈子都忘不了。"

法里德、冒充拉贝克拉侄子的人，还有卡里玛。

"我很感谢您，神父……"

神父抬抬手，止住了他。"我还没说完。我记下车牌号了。我说过，我不喜欢我看到的场面。"

"你把车牌号码带着吗？"

"当然！"

他从口袋里掏出一页整整齐齐地叠了两折的纸，展开后递给了警长。

"我把它写在这上面了。"

蒙塔巴诺用两根手指小心地夹起来，就像夹着蝴蝶的翅膀似的。

AM237GW。

※

在美国电影里，警察只要告诉别人车牌号，不到两分钟，他就能知道车主是谁、有几个孩子、头发是什么颜色、屁股上长了几根毛。

在意大利，事情不太一样。有一次，他们让蒙塔巴诺等了二十八天，在此期间，车主（他们后来给他写信说道）被倒吊起来，烧成了焦炭。还没等收到回复，事情就已经无可挽回了。

他只好去找局长了。现在局长跟市长的会没准已经开完了。

"我是蒙塔巴诺，局长。"

"我刚回办公室，怎么了？"

"我打给您是为了被绑架的那个女人。"

"什么被绑架的女人？"

"您知道的，卡里玛。"

"她是谁？"

怕什么来什么。他意识到自己是在对牛弹琴。关于这件案子，他一个字都没跟局长讲过。"局长先生，我不好意思——"

"没关系，你想干什么？"

"我想要尽快查一个车牌号的资料，需要车主的姓名和住址。"

"把号码给我。"

"AM237GW。"

"我明天早晨把消息给你。"

13

"我在厨房给你收拾了个地方。餐桌已经被占用了。我们吃过饭了。"

他不瞎，不可能看不到桌子上铺着一张自由女神像的巨幅拼图，简直跟实物一样大。

"你知道吗，萨尔沃？他只用了两个小时就拼完了。"

她没说是谁，但显然指的是弗朗索瓦，前零食窃贼，现家庭成员。

"你是自己掏钱给他买的吗？"

利维娅避而不答。

"要不要一块儿去沙滩上？"

"现在就去，还是等我吃完饭？"

"现在。"

天空中，月亮发出银色的光芒。两人无言地走着。在一个小沙丘面前，利维娅哀伤地叹了口气。

"你真应该看看他堆的沙堡！太棒了！简直像高迪[1]一样！"

---

1 译者注：高迪是西班牙现代建筑师，著名作品有《圣家堂》、《米拉之家》等。

"他还有机会再堆一座的。"

他下定决心不放弃，以警察的口吻，还是个吃醋的警察的口吻。

"你在哪家店买到的拼图？"

"不是我买的。米米下午来过，就待了一会儿，拼图是他外甥的，他……"

蒙塔巴诺背过身去，把手插进口袋，走开了，一路想象着米米的一大堆泪眼汪汪的外甥和外甥女，他们的玩具都被自己的舅舅有计划地夺走了。

"行了，萨尔沃，别闹了！"利维娅一边朝他跑去一边说。

她想要挽住蒙塔巴诺，结果他把胳膊抽了出来。

"随便你！"利维娅平淡地说，然后走回了房子。

他现在要怎么办？利维娅不想吵架，他不得不自己摆平。他沿着海岸走，一路气不顺，鞋子都湿了，抽了整整十支烟。

我真是个白痴！他在某个时刻对自己说。事情再明显不过了：米米喜欢利维娅，利维娅也喜欢米米。但除了这个以外，我还给他创造了有利条件！米米显然很喜欢惹我生气。他发起了一场针对我的消耗战。我必须策划一场反击。

他回到家里时，利维娅正坐在电视机前，声音调得很小，以免吵醒正在蒙塔巴诺双人床上睡着的弗朗索瓦。

"我真的很抱歉。"他正要往厨房走，途中经过了利维娅，于是对她说。

炉子上炖着鲻鱼土豆砂锅，味道很香。他坐了下来，尝了一口，好吃极了。利维娅来到他身后，摸着他的头发问道：

"好吃吗？"

"太好吃了。"

"我一定得告诉阿德莉娜。她今天早晨过来了，看到我就跟我说不打扰了，然后扭头就走了。"

"你是想跟我说，砂锅是你自己做的？"

"当然了。"

有那么一瞬间，只有一瞬间，一个想法进入了他的脑海，砂锅随之变了味道：她只是为了获得蒙塔巴诺的谅解，关于她跟米米的事。但在美味的攻势下，这个想法马上就土崩瓦解了。

※

在陪蒙塔巴诺回去看电视之前，利维娅在拼图前欣赏了一番。现在萨尔沃已经冷静下来，她可以跟他自在地讨论这件事了。

"你真该看看他拼得多快，太惊人了！咱们俩要拼都得花更长的时间。"

"要么我们才开始拼就烦了。"

"不过这也没办法。弗朗索瓦也觉得拼图很无聊，因为它们都有固定的规则。他说，每一片拼图都是和另外一片紧密咬合的。要是一张拼图有多种拼法，那该多有趣啊！"

"他这么说的？"

"是啊。他讲得比我好，我就是说说大意。"

"他怎么说的？"

"我觉得我懂他的意思。他之前就知道自由女神像，所以他把头拼好以后，就知道接下来要怎么做了，但他是被迫这样去做的，因为拼图的设计者就是这么分割整图的，玩家不得不跟着他走。现在清楚了吗？"

"够清楚了。"

"他跟我讲，要是玩家能够用不同的方法把同样的拼图拼起来，那该多有趣。你不觉得这么小的孩子有这样的想法很不得了吗？"

"现在的孩子都早熟。"蒙塔巴诺一说出口，就暗骂自己怎么用了这么个鄙俗的词。他之前从来不谈孩子，结果一谈就不自觉地诉诸陈词滥调。

※

尼科洛简要地播报了突尼斯政府就渔船事件发表的官方声明。在进行了必要的调查后，他们不得不拒绝意大利政府提出的抗议，因为意大利人无力阻止本国渔船侵入突尼斯领海。当晚，一艘突尼斯的军方巡逻艇在斯法克斯几英里外发现了一艘拖网渔船。该艇发出了让对方停船的命令，但渔船试图逃离。巡逻艇之后用艇载机枪鸣枪示警，结果不幸杀死了一名突尼斯渔民本·戴哈布。遇难者家属已经获得了突尼斯政府发放的补助金。这场悲剧应当引以为戒。

"你们知道弗朗索瓦母亲的什么事了吗？"

"嗯，我有了一点线索，但现在还不想让你太早燃起希望。"警长答道。

"要是……要是卡里玛再也回不来了……弗朗索瓦……他会怎么样？"

"实话说，我不知道。"

"我要上床去了。"利维娅说着突然站起身来。

蒙塔巴诺拉住她的手，把它放到自己的唇上。

"别对他太用心。"

※

他小心翼翼地把弗朗索瓦从利维娅怀里抱出来，把他放到沙发上去睡，沙发他提前已经铺好了。等到他上床，利维娅翻身靠了过来，这一次没有抗拒他的爱抚。恰恰相反。

"要是孩子醒了怎么办？"到了关键时刻，蒙塔巴诺问道，但还像公猪一样趴在她身上。

"要是他醒了，我去安慰他。"利维娅喘着粗气说。

※

早晨七点，他轻轻地从床上下来，走进浴室，锁上了门。跟往常一样，他先照了照镜子，扭了扭嘴巴。他不喜欢自己的这张脸。那他还看个什么劲儿？

他听到利维娅一声尖叫，赶忙跑到门那里，把门打开。利维娅在客厅里，沙发上没有人。

"他跑掉了！"她颤抖着说。

与此同时，警长去了阳台。他看到了弗朗索瓦：海岸上的一个小点正在朝着维加塔走去。他来不及换衣服，只穿着内裤就追了上去。弗朗索瓦没有跑，只是沉稳地走着。听到后面的脚步声，他停了下来，没有扭头。蒙塔巴诺跑得上气不接下气，蹲下来到弗朗索瓦跟前，但是一句话都没说。

小男孩没有哭。他的视线越过蒙塔巴诺，聚焦在远方。

"我要妈妈。"他用法语说。

蒙塔巴诺看到利维娅跑了过来，身上穿着一件自己的衬衫。他打了个手势让她停下来，回房里去。利维娅服从了。警长拉起小男孩的手，两人就慢慢地走着。十五分钟，他们谁都没说话。他们来到了一艘搁浅的船旁。蒙塔巴诺坐到了沙滩上，弗朗索瓦在他旁边坐着，警长用胳膊环抱住小男孩。

警长用法语说，他妈妈死的时候，他还没有小男孩现在大呢。

他们聊了起来。警长说西西里方言，男孩说阿拉伯语，交流完全无碍。

蒙塔巴诺对男孩讲了从来不对别人吐露，连利维娅也不知道的事情。

他讲道，他那时哭得撕心裂肺，但是把头埋在枕头里，免得爸爸听见。每天早晨，当他知道妈妈不会在厨房里给他做早餐的时候，他都会感到无比绝望。几年后，他对没有妈妈做好吃的带去学校也是同样的感受。那是永远无法填满的空洞。男孩问他，他有没有本领把自己的妈妈带回来。没有，蒙塔巴诺答道。任何人都没有。他必须自己平复。弗朗索瓦说道，但是你还有爸爸啊。他真是个聪明的孩子，不只是因为利维娅这么说。没错，警长还有父亲。这时，男孩问，那他们会不会把我送去没有爸爸也没有妈妈的孩子们住的地方啊？

"永远不会，我保证！"警长说。他伸出手，弗朗索瓦握住他的手，凝视着他。

※

从浴室里出来，准备好上班时，他看到弗朗索瓦已经把拼图打散了，正在用剪刀把拼图片剪成不同的形状。他正努力逃离既定的规则，用他自己的天真的方式。蒙塔巴诺突然蹒跚起来，就像被电流击中一样。

"天啊！"他小声说道。

利维娅朝他看去，看见警长正在颤抖，眼睛凸出。她警觉了起来。

"天呀，你怎么了，萨尔沃？"

警长唯一的回答就是抱起小男孩，把他举过头顶，从下面看着他，然后把他放到地上，不住地亲他。

"弗朗索瓦，你真是个天才！"警长说道。

※

进办公室的时候，他差点儿撞上正往外走的米米·奥杰洛。

"啊，米米，谢谢你的拼图。"

米米朝他打了个哈欠，一脸问号。

"法齐奥，快过来！"

"听候吩咐，警长！"

蒙塔巴诺向他详细讲了要他做的事情。

"加鲁佐，到我办公室来。"

"来了。"

他也向他详细解释了要他做的事情。

"我能进来吗？"

门外是托尔托雷拉，用脚顶开门，手里抱着三英尺高的一摞文件。

"这是什么？"

"迪德的投诉。"

迪德是蒙特鲁萨警察局长的行政主管。此人极其官僚教条，人送绰号"上帝之鞭""上帝之怒"。

"他又投诉什么？"

"有说你办事拖拉的，有催你在文件上签字的。"说着，他把文件全都放到了警长桌上，"最好还是做个深呼吸，开动起来吧。"

※

签了一个小时以后，他的胳膊已经开始疼了。这时，法齐奥进来了。

"你是对的，警长。维加塔－菲亚卡公交车是在城外不远处停的，在坎纳特鲁区。五分钟后，反方向的菲亚卡－维加塔公交车也会在坎纳特鲁停靠。"

"所以，从理论上讲，一个人可以先在维加塔上去菲亚卡的车，在坎纳特鲁下车，然后五分钟后再上菲亚卡－维加塔的车，回到维加塔。"

"当然。"

"谢谢你，法齐奥，干得漂亮。"

"等一下，警长。我把菲亚卡－维加塔晨班的查票员带回来了。他叫洛皮帕罗。我要让他进来吗？"

"当然了。"

洛皮帕罗瘦得跟麻秆一样，脸色阴沉，五十岁左右。他一进来就说自己不是查票员，而是兼做查票的司机。票是在烟草店里买的，所以他只不过是在乘客上车的时候把票收走。

"洛皮帕罗先生，咱们在这里说的话必须保密。"

司机兼查票员将右手放在胸前，仿佛要做一次庄严的宣誓。

"我守口如瓶。"他说。

"洛皮帕罗先生……"

"洛皮帕罗，"他纠正道，重音放在了倒数第二的"帕"字上。

"洛皮帕罗先生，你认不认识拉贝克拉夫人，她丈夫被枪杀的那位女士？"

"认识啊。她有一张这条线路的季票。她每周至少往返菲亚卡三次，是去看她生病的姐姐。她在车上老是提她姐姐。"

"我想请你仔细回忆一点事情。"

"既然你都问了，我尽力。"

"上周四，你见到拉贝克拉夫人没？"

"这还费啥劲。我当然见到她了。我们还起了一点小冲突。"

"你跟拉贝克拉夫人争吵了？"

"是的，先生，我是跟她吵了。人人都知道，拉贝克拉夫人小心眼儿，特别小气。我跟你说，周四早晨，她上了六点半前往菲亚卡的车。车在坎纳特鲁停靠的时候，她下去了，跟司机坎尼扎罗说，她必须回家一下，因为她忘了要带给她姐姐的东西。当天晚上，坎尼扎罗跟我讲的时候说当时他让她下车了。五分钟后，我正往维加塔开，停在坎纳特鲁站，她上了车。"

"你们为什么争吵？"

"他不肯给我从坎纳特鲁去维加塔的票。她说自己只不过犯了个小错误，犯不着一次废掉两张票。车上每个人的票我都要收啊。我不能按拉贝克拉夫人的要求去做。"

"你做得没错，"蒙塔巴诺说，"不过，跟我讲讲，比方说，她花了半个小时才拿到丢在家里的东西。那她当天上午要去菲亚卡得怎么走？"

"她可以乘蒙特鲁萨－特拉帕尼的公交，七点半整在维加塔停靠。也就是说，她抵达菲亚卡的时间只会晚一个小时。"

※

"天才啊，"法齐奥在洛皮帕罗走后评论道，"您是怎么发现的？"

"弗朗索瓦，那个小孩，在拼拼图的时候暗示我的。"

"但她为什么要这么做？是因为嫉妒那个突尼斯女人吗？"

"不是。刚才那个人说了，拉贝克拉夫人是个小气鬼。她害怕丈夫会把钱都花在那个女的身上。但是，这不是整件事情的起因。"

"起因是什么？"

"我之后再跟你说。就像坎塔雷拉说的，贪婪没有好下场。你看到了，正是贪婪让她被洛皮帕罗注意到了，而她本来可以毫无声息地把事情都搞定。"

※

"我先花了半个钟头找到她住的地方，然后又浪费了半个钟头的口舌劝说这个根本不信任我的老妇人。她害怕我，不过当我请她从家里出去，她看到警车以后就平静下来了。她拿了个人物品，然后上了车。你真该听听那个孩子喜悦的叫喊声。他看到她出来，真是惊讶极了！他们紧紧拥抱。你那位老妇人朋友也很感动。"

"谢谢你，加鲁佐。"

"我什么时候开车把她送回蒙特鲁萨？"

"你别管了，我自己处理。"

蒙塔巴诺与利维娅的两人小家庭在无情地扩大。现在阿伊莎奶奶也来马里内拉了。

※

电话铃声响了半天，但没有人接。拉贝克拉夫人不在家。她肯定是买菜去了，不过也许还有另一种解释。他拨通了科森蒂诺家的电话。接电话的是保安那个随和的、长着小胡子的老婆，她说话声音很轻。

"你丈夫睡着吗？"

"是的，警长。要我去叫他吗？"

"不用。替我向他问好。听着，夫人，我刚才给拉贝克拉夫人打电话了，但没人接。你知不知道她……"

"今天上午她都不在，警长。她去菲亚卡看她姐姐了。明天上午十点是她亡夫的葬礼，所以她改成今天去了。"

"谢谢你，夫人。"

他挂了电话。或许这会让事情简单一点。

"法齐奥！"

"听候调遣，警长。"

"这是拉贝克拉办公室的钥匙，萨里塔·葛兰言街28号。你进去，取出办公桌中间抽屉里面的一串钥匙，其中有一把上面标着'家'，它肯定就是他以前放在办公室的备用钥匙，接着去拉贝克拉夫人家，用钥匙开门。"

"等一下。要是她在家怎么办？"

"她不在家，到外地去了。"

"您想要我做什么？"

"餐厅有一个玻璃橱柜，里面是杯盘碗碟什么的。你随便拿几样，你自己挑，但一定要让她不能否认是她自己的东西，最好是一整套餐具里面的一个杯子，然后把它带过来。别忘了把钥匙放回办公室抽屉里。"

"要是夫人回来以后发现杯子少了怎么办？"

"管她呢。之后你还要做一件事。给亚科穆齐打电话，跟他讲，今天下班以前我要拿到杀死拉克贝拉的那把刀。要是他手头没有人能给你送过来，那你就自己过去拿。"

※

"蒙塔巴诺吗？我是瓦伦特啊。你今天下午四点能到马扎拉一趟吗？"

"要是我马上走的话，可以。怎么了？"

"渔船船长要过来，我希望你也在。"

"谢谢你，我很高兴。你的人查出点什么了没有？"

"有的，没费什么力。他说船员们都很愿意讲。"

"他们怎么说？"

"你来了我跟你讲。"

"别，现在就讲，我路上好琢磨琢磨。"

"行。我们已经确信，船员对整件事了解很少。他们都说，船当时刚驶出意大利领海，当时天很黑，他们是在雷达屏幕上看到有船只靠近的。"

"那他们怎么还往前开？"

"因为船员们谁都没想到那是一艘突尼斯巡逻艇，什么都不知道。我要重复一遍，当时船是在公海上。"

"然后呢？"

"然后他们突然就收到了要他们停船的信号。船上的人——至少是船员，船长我不知道——都以为是海警例行检查，所以他们就把船停了。他们听到有人讲阿拉伯语。这个时候，船上那个突尼斯人突然紧张起来，点了根烟，接着就被打死了，然后渔船赶紧掉头逃离。"

"再然后呢？"

"然后什么，蒙塔巴诺？咱们这通电话要打多久？"

14

与大多数海上讨生活的人不同，"圣帕德雷"号拖网渔船船主兼水手长安吉洛·普雷斯蒂亚是个胖胖的、汗津津的人。但他出汗是自己的原因，而不是瓦伦特的提问。实际上，他不仅显得很冷静，甚至有点不屑一顾。

"我就不明白了，又为这事把我叫来是做什么？都水落石出了呀。"

"我们只是要澄清几处小细节，然后你就可以走了。"瓦伦特宽慰道。

"行，来吧，老天爷啊！"

"你一直坚称，突尼斯巡逻艇的行动是不合法的，因为你的船当时在公海，是吗？"

"当然是。不过这是港务局的事吧，你怎么对这感兴趣？我不明白。"

"过一会儿你就明白了。"

"但是，要是你不关心，我干吗要明白？突尼斯政府到底发了声明没有？在声明里，他们说是他们杀了那个突尼斯人没有？那你为什么又拿出来说？"

"这里就有对不上的地方。"瓦伦特指出。

"哪里?"

"比方说,你说攻击是发生在公海上,而他们讲你越过了突尼斯国境线。照你说的,这是不是矛盾呢?"

"不,警官,这不矛盾,这是搞错了。"

"谁搞错了?"

"他们。他们肯定是搞错了。"

蒙塔巴诺和瓦伦特迅速交换了一下眼神,这是按预定计划进入下一个审讯阶段的信号。

"普雷斯蒂亚先生,你有犯罪记录吗?"

"没有,警官。"

"但是你以前被逮捕过。你的手下记以前的事还是很牢的,不是吗?"

"是的,警官,我是被抓过。有些混球跟我有过节,就把我举报了。不过,法官后来认识到那个混球是个骗子,就放我走了。"

"你被指控的罪名是什么?"

"走私。"

"香烟还是毒品?"

"后者。"

"你的船员也都进了监狱吧,是不是?"

"是的,警官,不过他们都无罪释放了,跟我一样。"

"这事是由哪位警官负责的?"

"我记不得了。"

"是不是安东尼奥·贝罗菲奥雷？"

"嗯，我记得是他。"

"他一年之后因为操纵审判被捕入狱，你知道吗？"

"我不知道。我在海上的时间比在岸上的可要多。"

他们又迅速交换了一下眼神，这次该蒙塔巴诺出手了。

"这些陈年旧事先不管了，"警长发话了，"你是隶属于某联合会吗？"

"是的，马渔联。"

"什么意思？"

"马扎拉渔业联合会。"

"你接收这个突尼斯人上船的时候，是你自己选的，还是联合会介绍给你的？"

"是联合会让我做的。"普雷斯蒂亚回答道，出的汗比平常更多了。

"我们碰巧知道，联合会本来是推给你另一个人，但你选了本·戴哈布。"

"听着，我不认识这个本·戴哈布，之前从没见过。他是出航前五分钟来船上的，我以为他就是联合会派来的那个人。"

"你指的是哈山·塔里夫？"

"我以为他叫这个名字。"

"好。联合会怎么没要求你做出解释呢？"

普雷斯蒂亚船长笑了笑，但表情很紧张，浑身都是汗。

"但是这种情况每天都在发生！他们总是换来换去！只要没

人投诉就好。"

"那么，哈山·塔里夫为什么没投诉呢？毕竟，他少了一天的工钱。"

"你问我？问他自己去。"

"我问了。"蒙塔巴诺平静地说。

瓦伦特惊讶地看着他。这可不是事先安排好的。

"他怎么跟你说的？"普雷斯蒂亚牛哄哄地问道。

"他说，本·戴哈布前一天去找过他，问他是不是要上'圣帕德雷'号。他说是，然后戴哈布就让他之后三天不要出现，还给了他一个星期的工钱。"

"我什么都不知道。"

"你让我说完。有鉴于此，戴哈布上船肯定不是找活干。他本来就有钱。所以，他上你的船肯定另有所图。"

瓦伦特密切关注着蒙塔巴诺设下的陷阱。塔里夫从戴哈布那里偷偷拿钱的事肯定是警长编的，瓦伦特要了解的是：警长想要的是什么。

"你知道本·戴哈布是谁吗？"

"他是个找活干的突尼斯人。"

"不，我的朋友，他是贩毒业里面最响当当的人物之一。"

普雷斯蒂亚的脸都白了，瓦伦特明白，该自己上了。他偷偷地笑了一下。他和蒙塔巴诺真是一对完美的拍档，就像托托与佩皮诺[1]一样。

---

1 译者注：托托和佩皮诺是意大利的著名喜剧组合。

"看来你完了，普雷斯蒂亚先生。"瓦伦特同情地说道，语调几乎像慈父一般。

"为什么啊？！"

"得了吧，你还看不明白？一个化名本·戴哈布的毒品贩子轻而易举地上了你的渔船，而且你还有前科。因此，我有两个问题问你。第一个，一加一等于几？再一个，当天晚上出了什么事？"

"你是要毁了我吗？你这是要让我完蛋啊！"

"你自作自受。"

"不！不！事情闹大了！"普雷斯蒂亚沮丧地说，"他们跟我保证过……"

他短暂地停顿了一下，擦去身上的汗。

"保证了什么？"蒙塔巴诺和瓦伦特异口同声地问道。

"我什么事都不会出。"

"谁保证的？"

普雷斯蒂亚船长把手插进口袋，掏出钱包，从里面拿出一张名片，扔在了瓦伦特桌上。

※

送走普雷斯蒂亚后，瓦伦特拨通了名片上的号码。号码的归属地是特拉帕尼。

"喂？我是马扎拉的瓦伦特副局长。我找办公室主任马里奥·斯帕达齐亚长官。"

"请稍等。"

"你好，瓦伦特局长。我是斯帕达齐亚。"

"抱歉，打扰您了，长官，但是我有一个问题要问您，关于渔船上那个突尼斯人的。"

"不是都搞清楚了吗？突尼斯政府……"

"是的，我知道，长官。但是……"

"那你给我打电话干什么？"

"因为渔船的船长……"

"是他给了你我的名字？"

"他给了我你的名片。他手里留着名片，作为一种……担保。"

"确实是担保。"

"麻烦您再说一遍？"

"我解释一下。你也知道，前一阵子，阁下大人……"（这个头衔不是半个世纪以前就废除了吗？蒙塔巴诺一边听一边想。）

"……市长阁下收到了一份紧急申请，要求他全力支持一位突尼斯记者。这个记者想要对本地突尼斯人进行一次敏感的调查，因此——还有其他一些原因——他想要上我们的一艘渔船。阁下责成我督办此事。普雷斯蒂亚船长的名字进入了我的视野，别人跟我说他很可靠。但是，普雷斯蒂亚担心劳工局那边会找他麻烦。这就是我给他名片的原因。就是这样。"

"长官，感谢您透彻的解释。"瓦伦特说道，然后就挂断了。

他们无言地坐着，大眼瞪小眼。

"这个家伙要么是个废物，要么就是耍咱们。"蒙塔巴诺说。

"这件事开始发臭了。"瓦伦特沉痛地说道。

"没错！"蒙塔巴诺说。

※

电话铃响的时候，他们正在讨论下一步的行动。

"我跟他们都说了，我来这里谁的电话都不接！"瓦伦特怒吼道。他拿起话筒，听了一会儿，然后递给了蒙塔巴诺。

去马扎拉之前，警长跟局里的人交代过，如有需要可以去哪里找他。

"喂？我是蒙塔巴诺。你哪位？啊，是您吗，局长先生？"

"嗯，是我。你跑哪里去了？"

他正在气头上。

"我跟同事在一块儿，瓦伦特副局长。"

"他不是你同事。他是副局长，你不是。"

蒙塔巴诺开始担心了。

"出什么事了，局长？"

"没事，我正在问你他妈的出什么事了！"

他妈的？从局长嘴里说出"他妈的"？

"我不明白。"

"你又在鼓捣什么烂事呢？"

烂事？局长说了"烂事"？世界末日要来了吗？最后审判的号角要吹响了吗？

"这个，我做错什么事了吗？"

"昨天你给了我一个车牌号，记得吧？"

"是啊，AM237GW。"

"就是它。跟你说，我马上问了一个我在罗马的朋友，让他帮我查查,加快点速度,这都是你要求的。他刚刚回了我,他气极了。他们告诉他,要是他想知道车主的名字,他必须提交一份书面申请,说明申请原因。"

"没问题,局长。我明天跟您从头到尾解释清楚,在申请里,您可以……"

"蒙塔巴诺,你怎么不开窍啊,你大概是开不了窍了。那个车牌号是涉密的。你知道什么意思吗? 意思是,这辆车是保密机关的。你明白了吗?"

看来不只是发臭,简直是臭气熏天了。空气都不对了。

※

他跟瓦伦特讲了拉贝克拉被杀、卡里玛被绑架、法里德以及他那辆属于特务机关的车。他脑子里想到了一个令他困扰的念头。他给局长打了个电话。

"抱歉打扰,局长大人。您跟您罗马的朋友讲车牌号的事的时候,有没有讲它涉及了什么事?"

"我会吗? 你说的我一点儿都不知道。"

警长宽慰地叹了口气。

"我只是说,"局长继续说道,"它涉及一起你蒙塔巴诺警长在查的案子。"

警长又把叹的气收了回去。

※

"喂,加鲁佐吗? 我是蒙塔巴诺。我是从马扎拉打过来的。我估计要在这里待一阵子了。所以,计划有变,我要你马上去马里内拉，去我家，接上那位突尼斯老妇人，把她送去蒙塔鲁萨警察局，好吗？一分钟都不要耽搁。"

※

"喂，利维娅吗？仔细听我要说的话，严格按我跟你讲的做，不要争辩。我目前在马扎拉，他们大概还没开始监听咱们的通话。"

"我的天啊，你在说什么呢？"

"我求你不要争辩，不要问问题，不要说话。按我说的做就好。加鲁佐马上过来。他会接上老妇人，把她带去蒙特鲁萨。不要依依惜别。你可以跟弗朗索瓦讲，他很快就会再见到奶奶了。加鲁佐一走，你就打我办公室电话，找米米·奥杰洛。你一定，必须要找到他，不管他在哪里，跟他说你要马上见他。"

"他要是有事怎么办？"

"他会为了你放下一切，跑着过来的。同时，你要把弗朗索瓦的东西整理好，放到一个小箱子里，然后……"

"不过，你要我……"

"别说话，懂吗？别说话！跟米米讲，这个孩子必须人间蒸发！蒸发！就说是我下的令。他必须把孩子藏到安全的地方，一个他不会受到伤害的地方。不要问他要把孩子送去哪里。清楚了吗？你一定不能知道弗朗索瓦去了哪里。别哭，我烦。认真听！米米带着孩子走后，等一个小时，给法齐奥打电话。跟他讲孩子丢了，可能是跑出去找奶奶了，你也不知道。你得哭着说，不过你也不用装，你那个时候肯定已经抹起眼泪了。简单说吧，你要让他帮你找孩子。这个时候我也会回来。最后一件事，给巴勒莫机场打电话，订一张飞往热那亚的机票，明天中午左右起飞的。我会找个人送你过去，这段时间应该够了。一会儿见。"

他挂了电话，发现瓦伦特正迷惑地盯着自己。

"你觉得事情已经这么严重了？"

"还要更严重。"

※

"你现在还没明白吗？"蒙塔巴诺问他。

"我觉得我刚开始明白。"瓦伦特回答说。

"我给你讲清楚点，"警长说，"总而言之，事情大概是这样的：艾哈迈德·穆萨出于个人原因，派手下法里德搞了一个行动基地。法里德找了艾哈迈德的妹妹卡里玛帮忙，是不是出于自愿，我不知道。她在西西里已经住了好几年了。然后，他们敲诈了维加塔人拉贝克拉，逼他用原来的进出口贸易公司当幌子。你还跟得上吗？"

"没问题。"

"艾哈迈德有一场重要会面要参加，涉及为他的运动筹措军火，或者赢得政治支持。于是，在我国特务机关的庇护下来到意大利。会面地点是在海上，但很可能是一场陷阱。艾哈迈德丝毫没有怀疑我国特务机关是在跟他耍两面派，而且与某些要他死的突尼斯人合谋。除此之外，我还相信，法里德本人也参与了解决艾哈迈德的计划。至于他妹妹，我觉得没参与。"

"你怎么那么担心那个小男孩？"

"因为他是目击证人。他能指认法里德，就像指认电视里的舅舅一样。法里德已经把卡里玛杀了，我肯定。他把她绑上我国特务机关的车以后就把她干掉了。"

"我们要怎么办？"

"现在嘛，你要稳坐钓鱼台。我要去声东击西。"

"祝你好运。"

"也祝你好运，我的朋友。"

※

他回到局里已经是晚上了。

法齐奥在等着他。

"你找到弗朗索瓦了吗？"

"你来之前回家了吗？"

法齐奥没有回答，而是问了个问题。

"没有。我直接从马扎拉过来的。"

"警长，咱们进您办公室谈一会儿，好吗？"

进屋之后，法齐奥马上关上了门。

"警长，我是个警察，可能没有您做得那么好，但也是个警察。您是怎么知道孩子跑掉了？"

"你傻了，法齐奥？我在马扎拉那会儿，利维娅给我打电话。是我让她给你打电话的。"

"您看，警长，情况是这样的：这位年轻女士跟我讲，之所以找我帮忙，是因为不知道您在什么地方。"

"胡说！"蒙塔巴诺说。

"然后，她就哭起来了，真哭，我一点都不怀疑。不是因为孩子丢了，而是因为别的什么我不知道的原因。然后我就明白了，是您要我这么做的。我照做了。"

"我要你做什么了？"

"闹点动静出来，越大越好。我到处去敲门，挨家挨户问：你们见过一个小孩吗，这之类的。没人见过他，但现在他们都知道他丢了。您不就是要这样吗？"

蒙塔巴诺被感动了。这才是真正的友谊，西西里人的友谊。直觉，言外之意，只要是真朋友，什么都不用说，因为对方会自己悟出来，然后照着去做。

"我现在要做什么？"

"接着闹动静。联系宪兵队，省内每一个警察局，每一个巡警点，每一家医院，你能想到的都去联系。但一定要私底下做，只能打电话，不能留下笔头的东西。描述男孩的样子，表现出担心的样子。"

"不过，我们不是知道他们肯定找不到吗，警长？"

"不用担心，法齐奥。他很安全。"

※

他拿了一张带警局抬头的纸，给交通与机动车注册管理局打了一封信：

为详查名为卡里玛·穆萨的女性被绑架及可能被杀一案，须知车牌号 AM237GW 车主的名字。

盼速回复！

萨尔沃·蒙塔巴诺警长

只要他必须要发传真，他的文风就跟电报一样，天知道是为什么。

他又读了一遍。他甚至把女人的名字写了出来，好促使对方多重视。

现在，他们必须得浮出水面了。

"加洛！"

"来了，警长。"

"马上找到罗马机动车管理局的传真号并把这封信发出去。"

"加鲁佐！"

"听候差遣。"

"怎么样了？"

"我把老妇人送去蒙特鲁萨了，都处理妥当了。"

"听着，加鲁佐，明天拉贝克拉葬礼办完以后，让你小舅子来警局这边，带上摄影师。"

"谢谢，警长，十分感谢。"

"法齐奥！"

"我听着呢。"

"我都忘了。你去拉贝克拉夫人的公寓了吗？"

"当然去了。我从一套十二件套餐具里拿了个小杯子，都拿过来了。您要看看吗？"

"我看那玩意干什么？我明天告诉你拿它做什么。现在先拿保鲜袋装起来。对了，亚科穆齐给你把刀送来了吗？"

"送来了。"

※

他不敢离开办公室。家里才是重头戏。利维娅正难过着呢。说到这里，如果利维娅要走了，那……他拨通了阿德莉娜的号码。

"阿德莉娜，我是蒙塔巴诺。听着，年轻女士明天早晨就要走了，我得好好解解乏。我跟你说，我一天都没吃东西了。"

人是铁，饭是钢，对不对？

15

利维娅在阳台，坐在长椅上，一动不动，好像正看着外面的大海。她没有哭，但红肿的眼圈告诉警长，她已经把泪流光了。警长在她身旁坐下，拉过她的一只手紧紧攥住。他感觉自己攥着的是一个死物，它似乎是抗拒着什么。他放开手，点了一根烟。他决定还是让利维娅尽可能少了解这整件事。但她显然已经思考过了，她的问题也是开门见山。

"他们是要伤害他吗？"

"大概不会真的伤了他，但他肯定是要消失一段时间。"

"怎么消失？"

"我不知道。可能是以化名送入孤儿院吧。"

"为什么？"

"因为他遇到了一些他不该遇到的人。"

利维娅还在凝视着大海，同时揣摩着蒙塔巴诺最后的话。

"我不明白。"

"你不明白什么？"

"如果弗朗索瓦见到的是突尼斯人，也许是非法移民，那你就不能作为警察……"

"他们可不是一般的突尼斯人。"

慢慢地，好像很吃力似的，利维娅转过头，面朝着他。

"不一般？"

"不一般。我不会再多说了。"

"我要他。"

"谁？"

"弗朗索瓦。我要他。"

"可是，利维娅……"

"你闭嘴！我要他。没有人能那样子把他从我手里夺走，尤其是你。你知道吗？这几个钟头里，我想了很久，想得很苦。你多大了，萨尔沃？"

"四十四吧，我觉得。"

"四十四岁零十个月。再过两个月，你就四十五岁了。我也快三十三岁了。你知道这意味着什么吗？"

"不知道。意味着什么？"

"我们已经在一起六年了。我们隔三岔五就会谈起结婚的事，然后又不谈了。我们两个，相互的，默许。我们不会继续谈这个了。顺其自然就挺好。我们的懒惰、自我为中心总会占据上风。"

"懒惰？自我为中心？你说什么呢？"

"你是个混蛋，你总是有理。"利维娅恶狠狠地总结道。

蒙塔巴诺有点晕，闭上了嘴巴。六年来，利维娅只说过一两次脏话，每次都是在很担心、很紧张的情况下。

"抱歉！"利维娅温柔地说，"但是，有的时候，我真是受不了你那份虚伪。你的讽刺倒是更真实。"

蒙塔巴诺还是沉默，把话全记在了心里。

"别想岔开话题，我有话跟你说呢。你擅长这个，你就是干这个的。我想问的是：你觉得咱们什么时候能结婚？直接回答我！"

"要是我说了算……"

利维娅跳了起来。

"够了！我去睡了。我吃了两片安眠药，明天中午飞机从巴勒莫起飞。不过，我要先把必须要讲的话讲完。如果咱们要结婚，那也得到你五十岁、我三十八的时候。换句话说，就是到咱们都生不了孩子的时候。我们还没意识到，有人——管他是上帝，还是其他什么神——已经给我们送来了一个孩子，在最恰当的时刻。"

她转身回屋了。蒙塔巴诺还在外面的阳台上，看着大海，但无法集中注意力。

※

午夜前一个小时，确定利维娅已经睡熟，他拔掉电话线，把所有能找到的零钱都拿上，关好灯，然后出门了。他开车去了马里内拉酒吧停车场的电话亭。

"尼科洛吗？我是蒙塔巴诺。我有几件事。明天上午，接近中午的时候，派个人到警察局附近，带上摄影师。有新进展了。"

"谢谢。还有别的吗？"

"我想知道，你有没有那种特别小的摄像机，没有动静的那种？越小越好。"

"你想给子孙后代留一部小黄片？"

"你知道怎么使用吗？"

"当然知道。"

"那带给我。"

"什么时候？"

"等你播完午夜新闻以后尽快。你来的时候不要按门铃，利维娅在睡觉。"

※

"喂，是特拉帕尼市的市长吗？请原谅我这么晚打来。我是《晚邮报》[1]的科拉多·孟尼切利，从米兰打过来的。我们最近了解到了一个极其重要的事件，但登报之前，我们想跟您亲自确认几件事，因为这件事与您有直接关联。"

"极其重要？什么事？"

"我们听说，你最近去马扎拉期间有人向你施加压力，要你安排一个突尼斯记者。此事属实吗？我建议你回答之前好好想一想，为了你自己好。"

"根本用不着想！"市长爆发了，"你在讲什么？"

"你不记得了吗？真是怪事，你知道的，这都是三周前刚发生的。"

"纯属无稽之谈！没人给我施加过压力！什么突尼斯记者，我不知道！"

"市长先生，我们有证据表明……"

---

1 译者注：《晚邮报》是一份老牌意大利全国性报纸，在米兰出版。

“非常安全。”

“她跟她老公有一栋大房子，还有一个农场，离村里有三英里远，很偏僻。我姐有两个儿子，其中一个跟弗朗索瓦一般大。他在那里会没事的。我花了两个半钟头才赶过去，又花了两个半钟头赶回来。”

“累了吧？”

“累死了。我明天上午不去上班了。”

“行，你不用来上班了，不过我要你来我家，马里内拉，最晚九点。”

“干什么？”

“接上利维娅，开车送她去巴勒莫机场。”

“行。”

“你怎么好像突然就不累了。喂，米米……”

※

利维娅睡得很不安稳，时不时发出低吟。蒙塔巴诺关上卧室门，坐到扶手椅上，打开了电视，把音量调得很低。在维加塔电视台的节目中，加鲁佐的小舅子正在播报，说突尼斯外交部公布了一份声明，有关意大利拖网渔船上突尼斯渔民不幸遇难一事的谣言。声明驳斥了疯传的谣言，即被杀渔民不是真的渔民，而是著名记者本·戴哈布。此事显系两人同名，因为本·戴哈布记者活得好好的，依然在正常工作。声明接着说，仅在突尼斯市就有超过二十名叫本·戴哈布的男子。蒙塔巴诺关掉了电视。潮流开始转向了。他们要找掩护，树起围墙，放烟幕弹了。

※

他听到一辆车驶来，在房前空地上停住。警长冲到门前去开门。是尼科洛。

"我尽快赶过来了。"他进门时说。

"谢谢。"

"利维娅睡着呢？"记者一边环视四周一边问道。

"是啊，她明早就要飞热那亚了。"

"不能跟她亲自告别，真是遗憾。"

"尼科洛，你带摄像机了吗？"

记者在夹克衫口袋里摸索着，掏出一个小玩意儿，跟二乘二堆起来的四盒烟差不多大。

"给你，我要回家睡觉了。"

"别。首先，你要把它藏好，免得被人看见。"

"利维娅就睡在隔壁，我能怎么办？"

"尼科洛，我不知道你怎么会以为我是要拍我自己。我要你把摄像机安装在这个房间里。"

"告诉我你要拍什么。"

"我跟一个人的对话，那个人会站在你现在的位置。"

尼科洛微笑着直勾勾地盯着警长。

"这些满是书的架子看起来正好。"

从桌边拿来一把椅子，放在书架旁，然后站了上去。他移动了一些书，安置好摄像机，从椅子上下来，并抬头向上看。

"你从这边看不到它，"他满意地说，"你过来自己检验一下。"

警长过去检验了一下。

"看着不错。"

"待在那里别动！"尼科洛说。

他爬到椅子上面，四处摸了摸，然后下来。

"你这是干什么？"蒙塔巴诺问道。

"拍你啊。"

"真的吗？一点声音都没有。"

"我跟你说，这玩意儿可神奇了！"

尼科洛又爬上椅子当起摄影师，然后下来。不过，这一次他手里拿着摄像机，给蒙塔巴诺展示看。

"你这么弄，萨尔沃。倒带按这个键。现在把它拿到眼睛前面，按那个键。来吧，试试。"

蒙塔巴诺照着做了，看到了小小的自己在用小小的声音问："你这是干什么？"然后他听到尼科洛说："拍你啊。"

"太好了！"警长说道，"不过，还有一件事。拍好的带子只能这么看吗？"

"当然不是！"尼科洛说着拿出一盒录像带，跟正常的看起来差不多，不过内部构造不一样。"看我怎么做！我先把带子从摄像机里取出来。你也看到了，这盘带子跟答录机的差不多大。然后我把它插进这个专用的大带子，就可以在录像机上播放了。"

"你听我说，想要录像录音怎么弄？"

"按这个键。"

看到警长有些疑惑，没明白的表情，尼科洛怀疑地问他：

"你能学会吗？"

"拜托！"蒙塔巴诺答道，感觉受到了冒犯。

"那你怎么那副表情？"

"因为在我想要拍的那个人面前，我不知道怎么才能踩到椅子上。他会生疑的。"

"看看踮脚能不能够到。"

他够到了。

"那就简单了。在桌子上留一本书，然后装作随意地把它放回架子上，同时按录像键。"

※

亲爱的利维娅：

不幸的是，我不能等你起床了。我必须去蒙特鲁萨见局长。我已经安排米米送你去机场了。请尽量冷静平和。我今天晚上给你打电话。吻你！

萨尔沃

哪怕是最低级的推销员也能比他说得更有感情，更有想象力。他又写了一遍，奇怪的是，跟上一份一字不差。都没用。他不是要去见局长，他只是不想跟她道别。所以，这是一个弥天大谎。他从来没有对一个自己尊重的人这样直截了当地撒过谎。不过，他对撒小谎可是很在行，也知道该怎么撒。

※

在警局里，他看到法齐奥在等自己，神情沮丧。

"之前半个钟头我一直给你家里打电话。你肯定是把电话线拔了。"

"出什么事了？"

"有人打电话过来，说在维拉斯塔加里波第街上意外发现了一名老妇人的尸体，就在我们抓到那个小孩的房子里，所以我才要找你。"

蒙塔巴诺感到五雷轰顶。

"托尔托雷拉跟加鲁佐已经去现场了。加鲁佐刚打电话，说就是他带去你家的那位老妇人。"

阿伊莎。

蒙塔巴诺狠狠地打了自己的脸一拳，没有把牙打掉，但是嘴唇出血了。

"您在干什么，警长？"法齐奥大惊失色地问。

当然，阿伊莎是目击证人，跟弗朗索瓦一样。但是，警长的目光和注意力全放在了孩子身上。白痴，他当时就是个白痴！法齐奥递过去了一块手帕。

"来，擦擦干净。"

※

阿伊莎在卡里玛房间门口的楼梯底下，小小的身子扭曲在了一起。

"她看上去是跌下楼梯，摔断了脖子。"帕斯夸诺医生说，他是托尔托雷拉叫来的。"尸检以后能告诉你更多信息。不过，要想让这样一位老妇人像这样飞下去，你只要朝她吹口气就行了。"

"加鲁佐在哪儿？"蒙塔巴诺问托尔托雷拉。

"他去蒙特鲁萨了，找一位之前跟死者待在一起的突尼斯女人。他想问问她，老妇人为什么回来了，有没有人给她打过电话。"

救护车走了之后，警长走进阿伊莎家，拿起壁炉旁的一块石头，取出下面的银行存折，把灰吹掉以后放进了口袋。

"警长！"

是加鲁佐。"没，没人给阿伊莎打过电话。她就是想回家了。她一天早晨醒来后上了公交车，恰好赶上与死亡的约会。"

※

回到维加塔后，他没有直接回总部，而是在一名叫科森蒂诺的公证人办公处停了下来。他喜欢这个人。

"我能为您做点什么，警长？"

蒙塔巴诺掏出存折，交给公证人。公证人翻开后看了一眼，问道：

"然后呢？"

警长进行了一番极其复杂的解释。他不想和盘托出。

"我觉得，您的意思是，"公证人总结道，"这笔钱属于一个你认为已经去世的女人，而她唯一的继承人是她年幼的儿子。"

"没错。"

"您希望这笔钱以某种方式得到妥善保管，给孩子成人后留着。"

"没错。"

"那您怎么不自己拿着呢，等时机成熟转交给他就好。"

"你怎么觉得我十五年以后还会活着？"

"照我看，"公证人继续说，"咱们这么办：您先自己拿着存折，我会仔细考虑考虑，一周后再谈。拿这笔钱去做投资可能是个好主意。"

"就按你说的！"警长说着站起身。

"把存折拿回去。"

"由你保管。我没准会弄丢了。"

"等一下，我给您开收据。"

"你真是太好了。"

"还有一件事。"

"说！"

"您必须完全确定那位母亲已经去世。"

※

他在局里往家打了个电话。利维娅当时正要离开。她说再见的时候冷冰冰的，至少给他的感觉是这样。他不知道该怎么办。

"米米还在吗？"

"当然了。他在车里等着呢。"

"一路顺风。我晚上给你打电话。"

他必须马上去做别的事，不能被利维娅拖住。

"法齐奥！"

"听候调遣。"

"去拉贝克拉办葬礼的那个教堂。现在应该已经开始了。把加洛带上。在人们向死者的妻子表达哀悼的时候，我要你去她旁边，摆出最阴沉的表情，跟她说，'夫人，请跟我们去局里一趟。'如果她开始大吵大闹，立即把她塞进警车。还有一件事：拉贝克拉的儿子肯定也在墓地。如果他想要维护他的母亲，把他也铐走。"

※

交通与机动车注册管理局：

　　为调查卡里玛与阿伊莎两女被杀一案，须知车牌号AM237GW车主之个人信息与住址。望速速回复！

蒙特鲁萨省维加塔警局

萨尔沃·蒙塔巴诺

　　在机动车管理局，办事员把传真交给负责人之前肯定会嘲笑一番他的措辞，觉得写这封申请的人简直是个白痴。但是负责人会明白其中要义，信息背后隐藏着挑战，会让他们被迫做出回击。这正是蒙塔巴诺想要的。

16

蒙塔巴诺的办公室在正对着警局大门的最里面，可法齐奥开车载着拉贝克拉的遗孀来的时候，吵闹声连警长都能听见。虽然附近应该没多少记者或摄影师，但还是聚集了几十个路人和闲人。

"夫人，你为什么被逮捕了？"

"看这边，夫人！"

"让开！都让开！"

接着，稍微平静了些，有人敲了敲警长的门。是法齐奥。

"顺利吗？"

"她没怎么反抗。不过，一看到记者就激动起来了。"

"她儿子呢？"

"在墓地有个男的在她旁边站着，大家也都向他致哀，所以我觉得他肯定就是那个儿子了。不过，我跟夫人说跟我们走一趟的时候，他就转身走了，所以我猜他大概不是她儿子。"

"唉，他就是她儿子，法齐奥。他太脆弱了，见不得他妈妈被捕。他还要给他妈妈掏律师费呢。把夫人带进来！"

"跟贼一样！你们就这么对待我？跟贼一样！"寡妇一见到警长就爆发了。

蒙塔巴诺黑着脸。

"你虐待这位夫人了吗？"

就像念台词一样，法齐奥装出了尴尬的样子。

"这个，我们在抓她的时候……"

"谁跟你说要抓她的？请坐，夫人，我要为这次不愉快的误会道歉。只占用你几分钟，请你回答几个问题，我们做好笔录，然后你就可以回家了。再就没别的事了。"

法齐奥坐到打字机前，而蒙塔巴诺坐在桌子后面。寡妇似乎冷静了一点，虽然警长还是能看到她皮肤下抽动的神经，就跟流浪狗身上的跳蚤一样。

"夫人，要是我说错了，请随时纠正。你跟我说过，在你丈夫被杀的那天早晨，你起床后去卫生间，穿好衣服，从餐厅拿上钱包，然后就出门了，对不对？"

"没错。"

"你没注意到公寓里有什么异样吗？"

"我该注意到什么？"

"比方说，跟平常不同，书房的门是关着的？"

他只是随便猜的，却歪打正着。老妇人的脸本来是红的，一下子毫无血色，但声音还是很平稳。

"我觉得是开着的，因为我丈夫从来不关那个门。"

"错了，门没开，夫人。我跟你进你家时，就在你从菲亚卡回来后不久，门是关着的。是我自己又把门打开了。"

"开着还是关着，有什么关系吗？"

"你说得对，这是个无关紧要的细节。"

拉贝克拉夫人不禁长叹一声。

"夫人，你丈夫被杀的那天早晨，你去了菲亚卡探望你生病的姐姐，对吧？"

"是的。"

"但你忘了一样东西，所以在坎纳特鲁的路口，你下了车，等下一班反向的车回了维加塔。你忘了什么东西？"

寡妇微微一笑，显然她对这个问题早有准备。

"我那天早晨没在坎纳特鲁下车。"

"我有两名公交车司机的证词。"

"他们说得没错，只有一件事搞错了。不是那一天早晨，而是两天之前的早晨。司机记错日子了。"

她很机敏。他得诈一诈她。

他打开办公桌的抽屉，取出保鲜袋装着的菜刀。

"夫人，这是杀害你丈夫的那把刀。只有一处刺伤，在背部。"

寡妇神色不变，一言不发。

"你之前见过它吗？"

"这种刀你见过太多了。"

警长再次将手伸进抽屉，伸得很慢，又取出了一个保鲜袋，里面装着一个小杯子。

"你认得吗？"

"是你拿走的？你害得我在家里找了个底朝天。"

"看来这是你的。你正式指认了。"

"没影的事嘛，你哪来的证据？我要直接跟你们主编谈。"

蒙塔巴诺挂了电话。特拉帕尼的市长是清白的，而办公室主任却不是。

※

"瓦伦特吗？我是蒙塔巴诺。我刚跟特拉帕尼的市长通过话了。我假装是《晚邮报》的记者。他一无所知。整件事都是我们的朋友——斯帕达齐亚长官捏造的。"

"你从哪里打来的？"

"别担心，是从公用电话亭。只要你同意，咱们接下来应该这么干。"

为了跟他讲清楚，蒙塔巴诺把零钱都花光了，只剩下了一个硬币。

※

"米米，我是蒙塔巴诺。你在睡觉吗？"

"没，我在跳舞。你要干什么？"

"你生气了吗？"

"没错，气死了！你让我干那个事！"

"我？哪个事？"

"让我把小孩送走。利维娅恶狠狠地看着我。我是把他从她怀里拉出来的，弄得我心里一阵阵不舒服。"

"你把弗朗索瓦送哪里去了？"

"送去卡拉皮亚诺了，我姐家。"

"那里安全吗？"

"我当然认得。你拿这个杯子做什么？"

"它能帮我把你送进监狱。"

寡妇可能做出的反应很多，而她选择的方式让警长钦佩不已。她把头扭向法齐奥，像是正式致电一样礼貌地问：

"他疯了吗？"

法齐奥很想诚心诚意地对她说，在他看来，警长从出生那一天起就疯了。但是，他什么也没说，只是盯着窗外。

"我来告诉你事情是怎样的，"蒙塔巴诺说，"当天早晨，听到闹钟响后，你起床进了卫生间。你必然会经过书房的门，并注意到它是关着的。一开始，你没当回事，之后你又琢磨了这个事。从卫生间里出来后，你就把门打开了，但你没进去，至少我认为你没进去。你在走廊等了一会儿，又把门关上，去了厨房，把刀放进包里。之后你出了门，上了公交车，在坎纳特鲁下车，又坐上回维加塔的公交，回到家里正要开门，就看见你丈夫往外走。你跟他吵了一架，他把电梯门打开了。电梯就在你家那一层，因为你刚刚搭电梯上来。你尾随其后，从背后捅了他。他转身转了一半就倒在地上。你乘电梯去了一楼，然后就出楼了。你的运气还真不错，没有人看到你。"

"那我这样做是为了什么？"女人平静地说，还带着一丝讽刺，在此时此地，能有如此表现实在是不得了，"就因为我丈夫之前把书房门关了？"

蒙塔巴诺坐着给她鞠了一躬，表达敬佩之情。

"不，夫人，是因为关着的门后面的东西。"

"是什么？"

"卡里玛，你丈夫的情妇。"

"可你自己也说了，我没进书房。"

"你用不着进去，因为一股香水味扑面而来，就是卡里玛在身上喷了很多的那种。它的名字叫霍露特，香气强烈持久。你之前大概经常在你丈夫的衣服上闻到过它。我晚上去的时候，书房里还有那个味儿，当然，弱了一些。那会儿你已经回家了。"

拉贝克拉夫人依旧不说话。她在思考警长刚刚说过的话。

"你能回答我一个问题吗？"她接着问道。

"想问多少都行。"

"在你看来，我为什么不进入书房直接把那个女的杀了？"

"因为你的大脑跟瑞士手表一样精准，跟电脑一样迅速。卡里玛要是看到你开了门，肯定会摆出防御的架势，以防万一。你丈夫听到她的尖叫声后也会赶过来，把你的武器夺下。而通过假装什么都没看见，你可以稍后现场捉奸。"

"照你的思路，你怎么解释只有我丈夫被杀？"

"你回来以后，卡里玛已经走了。"

"不好意思，不过你当时也不在场，是谁跟你讲的这些？"

"你在茶杯和刀上留下的指纹告诉我的。"

"刀上没有！"女人马上说道。

"为什么刀上没有？"

女人开始咬嘴唇了。

"杯子是我的，刀不是。"

"刀也是你的，上面有你的指纹。板上钉钉啊。"

"不可能！"

法齐奥一直盯着自己的上司。他知道刀上没有指纹。这就是这出把戏最精妙的地方。

"你这么肯定刀上没有指纹，是因为你捅死你丈夫时手上还戴着手套，是你之前打扮出门那会儿戴上的。你看，我们采集到的指纹不是当天早晨的，而是前一天的，你用那把刀处理晚餐要吃的鱼来着。你把刀洗干净后就放回厨房抽屉里了。实际上，指纹不是在刀把上，而是在刀刃上，是在刀刃和刀把交界的地方。现在你跟法齐奥去一趟隔壁屋吧，采集指纹作比对。"

"他就是个混蛋！"拉贝克拉夫人说，"他那样子死掉是活该。只要我一出门，他就把那个婊子带回家，在我的床上乱搞，那个开心哟。"

"你是说，你这么做是出于嫉妒？"

"还能是什么？"

"但你不是已经收到三封匿名信了吗？你可以去萨里塔·葛兰言街的办公室捉奸啊。"

"我不干那种事。但是，当我意识到他把那婊子带回我家的时候，我的血液都沸腾了。"

"我觉得吧，夫人，你的血液大概之前几天就沸腾了吧？"

"什么时候？"

"你发现你丈夫从自己的银行账户上取走一大笔钱的时候。"

警长这一次也是吓唬人。但这招灵了。

"两亿里拉！"寡妇愤怒而绝望地喊道，"给了那个臭婊子两亿里拉！"

这就解释了卡里玛存折里的一部分钱了。

"要是我不阻止他，他会把公司、房子、积蓄全都给光的！"

"我们能把这一条放到声明里吗，夫人？不过，首先你要告诉我一件事。你出现在你丈夫面前时，他说了什么？"

"他说，'快给我滚开，我要去公司。'他大概跟那个婊子都约好了。她先走，他随后去找她。"

※

"局长先生吗？我是蒙塔巴诺。我给您打电话是想告诉您，我已经让拉贝克拉夫人承认谋杀亲夫了。"

"祝贺你！她为什么要这么做？"

"伪装成嫉妒的一己私利。我想请您帮个忙。我能开一次新闻发布会吗？"

没有回答。

"局长？我想问，我能不能……"

"我听得清楚着呢，蒙塔巴诺。我只是太惊讶了，一时说不出话。你想开新闻发布会？真不敢相信！"

"我是认真的。"

"那好，你开吧。不过之后一定要跟我详细解释内情。"

※

"你是说，拉贝克拉夫人早就知道她丈夫跟卡里玛的关系？"加鲁佐的小舅子问道，他此时的身份是维加塔电视台的新闻记者。

"是的。多亏了她丈夫寄给她的至少三封匿名信。"

他们一开始没明白。

"您的意思是说，拉贝克拉先生给妻子写信实际上是诋毁他自己？"一位糊涂了的记者问道。

"是的。因为卡里玛已经开始敲诈他了。他希望妻子闹腾一番，好帮自己脱离困境，但是拉贝克拉夫人没有干涉。他们的儿子也没有。"

"不好意思，但他为何不求助警方？"

"因为他觉得这样会闹出大丑闻。怎么说呢，他希望的是，在妻子的帮助下，事情能够停留在……呃……自己家里。"

"但是，卡里玛现在在哪儿？"

"我们不知道。她带着儿子逃跑了。实际上，她的一个朋友很担心两人的失踪，已经联系自由频道发布了一张母子俩的照片。但目前还没有人站出来。"

他们感谢了警长后就离开了。蒙塔巴诺满意地微笑了一下。按照方针，第一块拼图已经圆满解决了。法里德、艾哈迈德，甚至阿伊莎都没有牵涉其中。如果把他们加进来并拼对了的话，拼图的样子肯定会完全不同。

※

他来得比跟瓦伦特约定的时间早了些。他在上次来马扎拉吃的那家餐馆前停下车。他吃了一大份面包糠煎蛤蜊、一整盘堆得跟小山似的蛤蜊奶油白酱长条意面、一条火烤大比目鱼配牛至和焦糖柠檬，甜点是黑巧克力橘子酱。风卷残云后，他站起身来，走进厨房，握了握厨师的手，没有说一个字。他被食物深深地感动了。回到车里，他接着开往瓦伦特的办公室。路上，他扯着嗓子高唱："看我飘啊飘，飘啊飘，在空中舞蹈。"

※

瓦伦特带蒙塔巴诺进了自己办公室旁边的一间屋子。

"我们以前干过这个事。"他说，"我们让门半开着，而你用这个小镜子看到了我办公室里的情况，偷听还不够，是吧？"

"你该小心点嘛，瓦伦特。几秒钟的事。"

"我们会自己处理的。"

※

斯帕达齐亚长官走进瓦伦特的办公室，一看就知道他紧张极了。

"抱歉，瓦伦特局长，我不明白。你可以直接来市里找我嘛，给我节省点时间。我很忙的，你知道。"

"请务必原谅我，长官。"瓦伦特毕恭毕敬地说，"您说的完全没错。现在咱们加快进度吧，最多五分钟。我只是要澄清一点问题。"

"行吧。"

"我们上次见面时，您跟我说，市长已经被询问过了……"

长官大人不耐烦地扬起手，瓦伦特马上就不说话了。

"如果我说过，那我就是说错了。市长阁下什么都不知道。反正这种烂事我们每天都会碰到。罗马的政府部门给我打了电话，他们不会拿这种破事麻烦市长阁下的。"

很显然，市长在接到了假的《晚邮报》记者的电话后，已经要办公室主任做出解释了。那次谈话肯定很激烈，这位长官嘴里飚的那些词仿佛在警长耳畔回响。

"继续说！"斯帕达齐亚催促道。

瓦伦特摊开手，头顶显出圣洁的光环。

"就这些了。"他说。

斯帕达齐亚懵了，环顾四周，好像在确认真的就是这点事。

"你是说，没有别的要问我了？"

"是的。"

斯帕达齐亚狠狠地拍了桌子，吓得隔壁的蒙塔巴诺都跳了起来。

"你敢耍我，你会付出代价的，等着瞧！"

他骂骂咧咧地冲出房间，蒙塔巴诺紧张地跑到窗台边。他看到这位长官像子弹一样朝着车子冲了过去，司机出来给他开门。就在此时，一辆警车停在门前，安吉洛·普雷斯蒂亚被一个警察拎着胳膊带了出来。斯帕达齐亚和渔船船长几乎面对面站着，互相没说一句话，各自走开了。

蒙塔巴诺高兴劲儿一上来，时不时会学马叫，这次可把从隔壁跑过来的瓦伦特吓坏了。

"你出什么事了？"

"奏效了！"

"坐下！"他们听到一名警员说。普雷斯蒂亚已经被带进办公室了。

瓦伦特和蒙塔巴诺待着不动，各点了一支烟，静静地抽着。同时，"圣帕德雷"号的船长在酝酿着吵闹一番。

※

两人进来时一脸严肃。瓦伦特走到办公桌后面，蒙塔巴诺拉来一张椅子，在他旁边坐下。

"这些烦人事什么时候才是个头？"船长发话了。

他还没有意识到，他咄咄逼人的姿态恰恰表明了自己的想法：他相信斯帕达齐亚长官是来给他的证词作担保的。他感觉很平静，因此表现出了傲慢。

桌子上放着一大包卷宗，上面大大地写着"安吉洛·普雷斯蒂亚"的名字。卷宗里其实全都是旧文件，但是船长不知道。瓦伦特打开卷宗，取出斯帕达齐亚的名片。

"你给我们的，对吧？"

瓦伦特不像上次那么客气了，而是像讯问一样直言不讳，弄得普雷斯蒂亚有些担心。

"没错，是啊。长官给我的，说让那个突尼斯人上船以后，有问题可以去找他。我也去找他了。"

"错，"蒙塔巴诺说，"你太天真了，跟童子鸡一样。"

"可是，他就那么让我做的啊！"

"他当然让你那么做了，但你一觉得事情不对劲儿，就把名片给了我们。你这可就把一个好人给害了。"

"害？我害什么了？"

"把他卷到一场有预谋的谋杀中，这害得还不够惨吗？"

普雷斯蒂亚闭上了嘴。

"蒙塔巴诺，我同事，"瓦伦特插进来，"只是想向你解释事情的来龙去脉。"

"什么来龙去脉？"

"是这样的：如果你当初直接去找斯帕达齐亚，而没有把他的名片给我们，那他会帮你全部摆平的，当然是私底下。而你把他的名片给了我们，这就牵涉法律了。于是斯帕达齐亚只剩下一条路了：全盘否认。"

"什么？！"

"是的。斯帕达齐亚从没见过你，也没听说过你。他做好笔录了，已经添加到我们的档案里了。"

"他个王八蛋！"普雷斯蒂亚说，接着问道，"他怎么解释他的名片到我手里的？"

蒙塔巴诺在心里大笑不已。

"他在这事上也愚弄了你，哥们，"他说，"他给我们带了一份声明的影印件，十天前他给特拉帕尼警方做的。他说他的钱包丢了，里面的东西都失窃了，包括几张名片，四五张吧，他也记不清了。"

"他可是把你扔进海里了。"瓦伦特说。

"都没过头顶了。"蒙塔巴诺补了一句。

"你还能漂多久呢？"瓦伦特又加了点码。

普雷斯蒂亚腋下的汗都流成小池塘了。房间里满是难闻的麝香和大蒜味，蒙塔巴诺感觉这股气味是腐烂的绿色。普雷斯蒂亚用手捂着脸，细声道：

"他们不给我选的机会。"

他保持了这个姿势一会儿，然后似乎下定了决心：

"我能跟律师谈谈吗？"

"律师？"瓦伦特装出大吃一惊的样子说。

"你要律师干什么？"蒙塔巴诺接着问。

"我以为……"

"你以为什么？我们要逮捕你？"这出双簧真是演得棒极了。

"你们不是要抓我？"

"当然不。想走就走吧。"

普雷斯蒂亚花了五分钟才抬起屁股，跑着去了门口。

※

"好了，之后会发生什么呢？"瓦伦特问道。他明白，他们刚刚放出去了一群恶魔。

"之后，普雷斯蒂亚会跑去纠缠斯帕达齐亚。下一步就是他们的事了。"

瓦伦特看起来很担心。

"怎么了？"蒙塔巴诺问。

"我不知道……我不相信……我害怕他们会让普雷斯蒂亚闭嘴，而我们将负有责任。"

"普雷斯蒂亚现在太显眼了。解决掉他就像在作案时签上自己的名字一样。不，我相信他们会让他闭嘴，不过是给他一大笔封口费。"

"你能跟我解释几件事吗？"

"没问题。"

"你为什么要趟这摊浑水？还有，为什么紧跟着我？"

"首先，因为我是警察，跟你一样。其次，因为我觉得有意思。"

"我的回答是：我的第一个原因跟你一样。第二个原因是，我是为了好处。"

"你从哪里弄好处？"

"我清楚我的好处会从哪里来。你想不想跟我打赌，你也能有好处？"

※

他下定决心不要屈从于口腹之欲，于是加速驶过中午吃过大餐的那家饭馆，时速一百二十公里。但是，才开了半公里，他的决心突然发生动摇，于是紧踩刹车，惹来后面的一阵尖锐喇叭声。后面的司机经过警长时斜了他一眼，还竖了中指。接着蒙塔巴诺来了个 U 型转弯，这在那段路上是严格禁止的，之后直奔后厨，连招呼都没打就跟厨师说：

"你们的剥皮胭脂鱼到底是怎么做的？"

17

　　第二天早晨八点整，他去了局长办公室。跟往常一样，他的这位上司七点就到了，清洁女工还小声嘟囔说耽误她们干活了。

　　蒙塔巴诺跟他讲了拉贝克拉夫人认罪，解释了可怜的受害人是怎样为了逃避悲剧，给老婆写了匿名信，给儿子写了实名信，但两人都眼睁睁地看着他不管的经过。他没提法里德或穆萨，也就是说，没讲更大的那张拼图的事。局长已经快退休了，警长不想让他陷入一摊比屎还要臭的难堪境地。

　　到这为止，事情都还不错，他用不着欺骗局长。他只是隐瞒了几件事情而已。

　　"那你为什么想要开新闻发布会呢？你一般不都跟躲瘟疫一样避之不及吗？"

　　他已经料到会有这个问题，于是早早备下答案，虽是半遮半掩，总不至于直接扯谎。

　　"这个卡里玛，您也知道，是个很不寻常的妓女。她不仅跟拉贝克拉做那种事，还跟别人做。都是上了年纪的人：退休的、经商的、在大学教书的。我只谈拉贝克拉的事，免得这几个可怜的老变态一起遭殃。归根结底，他们也没做什么错事。"

他确信这是个合理的解释。实际上，局长只给了一句评语：

"你的价值观很奇怪，蒙塔巴诺。"

接下来，他问道：

"但这个卡里玛真的失踪了吗？"

"看来是的。她一听说情夫被杀就带着儿子跑了，害怕牵连到谋杀案里。"

"听着，"局长说，"那辆车跟案子有什么关系？"

"什么车？"

"少来，蒙塔巴诺。后来查出来是特务机关的那辆车。他们很难搞的，你知道的。"

蒙塔巴诺笑了起来。他前一天晚上专门对着镜子练过，直到练好为止。但是，跟他希望的不一样，他的笑听起来有点假，太尖了。但是，要是想让他杰出的上司不牵涉进来，他实在别无选择。他必须撒谎了。

"你笑什么？"局长吃惊地问。

"有点尴尬，真的。给我车牌号的那个人第二天给我打电话了，说搞错了。字母没错，但数字错了，应该是837，不是237。抱歉，我糊涂了。"

局长盯着他看了很久，接着轻声说：

"要是你想让我帮你扛着，那我就给你扛着。不过，要小心加小心啊，蒙塔巴诺。这些人不是闹着玩儿的。他们什么都干得出来，只要他们出了差错，就会把责任推到某个同事头上，一个不存在的同事。其实，他们才是做错事的人。"

蒙塔巴诺不知道该说什么了。局长换了个话题。

"今天来我家吃饭吧。你不准顶嘴。做什么你吃什么。我有两件事必须告诉你。但是我不能在这里说，不能在办公室说，因为这里有一股官僚气，我不喜欢。"

天气真好，万里无云，但蒙塔巴诺有一种感觉，乌云即将蔽日，屋子里马上就要变冷了。

※

他的办公室桌子上放着一封信。他查了下邮戳，这是他的习惯，看看是从哪里送来的，可惜看不清晰。他打开信封读道：

蒙塔巴诺警长，你不认识我，我也不了解你。我叫阿尔坎杰洛·普雷斯蒂菲利波，我是你父亲的商业伙伴。我们共同投资的葡萄园经营得很不错，感谢上帝。你父亲从没跟你提过，但我发现他会把所有讲到你的报纸存起来，偶尔看到你上电视的时候还会偷偷哭泣，但努力不让别人看见。

亲爱的警长，我现在的心情很忐忑，因为我要告诉你的不是好消息。自从你父亲的第二任妻子茉莉亚夫人四年前归天之后，我的朋友兼伙伴就变了个人。去年，他身体开始不好，爬楼梯都会感到上气不接下气，还老犯晕。他不想找医生，没用。于是，我找了我儿子。他是个好大夫，在米兰行医。我把他带去了你父亲家。我儿子看了看，然后就火了，因为他想要你父亲去医院。他发了很大一通脾气，总算说服你父亲在他回米兰之前一块儿去医院。我每天晚上都去看望你父亲，十天后医生告诉我，他们把能做的检查都做了，你父亲得了一种严重的肺病。从此你的父亲来回去医院里治病，头发全掉光了，可丝毫不见好转。他专门让我别告诉你，他说不想让你担心。但是，我昨天晚上跟医生谈了谈，他说你父亲日子不多了，一个月吧，多几天或少几天。所以，虽然你父亲坚决不让我说，我还是想让你知道情况。你父亲在波提切利医院，电话号码是341234。他病房里有电话。不过，你最好还是亲自去看看他，假装只是以为他得了小病。你知道我的号，就是葡萄园的办公室电话，我整天都在。

致以深切的哀痛及诚挚的问候！

阿尔坎杰洛·普雷斯蒂菲利波

警长的手在颤抖，连把信放回信封里都很困难，于是干脆蹦到兜里。他感到筋疲力尽，不得不闭上眼睛，倚在椅背上，一动不能动。他感到呼吸困难，屋子里的空气好像瞬间被抽空了。他艰难地站起来，去了奥杰洛的办公室。

"出什么事了？"米米一见警长的脸就问道。

"没事。听着，我有点事情要做。我是说，我需要一点时间独处，安安静静的。"

"我能帮什么忙吗？"

"嗯。自己多保重。明天见。别让任何人打我家里电话。"

※

他在炒货摊买了一大袋鹰嘴豆和南瓜子，开始沿着码头散步。

成百上千个念头一齐涌上心头，但他一个也抓不住。走到灯塔后，他没有停下脚步。灯塔正下方有一块大礁石，上面长满了海藻，很滑。虽然每走一步都有掉进大海的危险，但他还是走到礁石上，坐了下来，手里拿着纸袋子。他感到身体下部卷起了一股波浪，冲上胸膛，又朝着喉咙奔去，梗在那里，让他无法呼吸。他欲哭无泪。接着，在脑中纷乱的想法中间，几个字渐渐明晰，最后形成了一句话：

父亲，你每天都在一点点逝去……

这是什么？诗？谁创作的？他什么时候读过的？他又默默地重复了一遍：

父亲，你每天都在一点点逝去……

终于，哽住的、塞住的喉咙通了，他发出一声大喊。这不只是大喊，简直是受伤的野兽发出的哀号。紧接着，恣肆的泪海夺眶而出。

※

一年之前，他受了枪伤住院，利维娅就跟他说，他父亲每天都打来电话。他只来看过自己一次，当时警长还在恢复期。那个时候他肯定就已经生病了。在蒙塔巴诺看来，他只是瘦了一点，没别的什么。实际上，他穿得比平常还整齐，总是说点俏皮话。当时他问儿子有没有什么需要的。"我能帮你。"他说。

※

他们什么时候开始默默疏远了？父亲从来都是体贴呵护的。蒙塔巴诺不否认。为了缓解蒙塔巴诺失去母亲的痛苦，他什么都愿意做。少年时代的蒙塔巴诺生病时——幸好他不常生病——父亲总是请假回家，免得他一个人寂寞。那么，到底是哪里出了问题呢？可能是他们几乎从来不沟通吧。他们从来找不到适当的话语来表达对对方的感情。蒙塔巴诺小时候总是想：*我爸爸是个封闭的人*。然而，他可能现在才意识到，父亲也曾坐在海边的礁石上这样想着自己。然而，父亲还是一直很敏感的。比方说，他等儿子大学毕业找到工作才再婚。然而，当父亲把新婚妻子带回家时，蒙塔巴诺还是没有来由地感到受了冒犯。两人之间竖起了一堵墙，虽是一堵玻璃墙，但到底还是墙。于是，他们见面的次数越来越少，最后一年就一两次。父亲一般都拿着一瓶自家酿的葡萄酒，待上半天，然后就走了。蒙塔巴诺一直觉得这酒棒极了，还会骄傲地推荐给朋友们，跟他们说是自己的爸爸酿的。但是，他是不是从没跟父亲讲过他的酒棒极了？他努力回想了一番。确实没有。就像父亲会把讲到关于他的报纸存起来，看他上电视会哭，但是从来没有亲口祝贺他成功破案一样。

※

他在礁石上坐了两个多钟头，起身回城时已经下定了决心。他不会去探望父亲。要是去看的话，父亲肯定更会意识到自己的病有多重，只会适得其反。不管怎么说，他也不知道父亲见到自己会不会高兴。此外，蒙塔巴诺对将死之人有一种恐惧。他不确定自己能否承受住看到父亲去世的恐惧。在即将崩溃的那一刻，他可能会逃走。

※

回到马里内拉，那种尖锐的、沉重的疲惫感还在他身体里。他脱下衣服，换上泳衣就扎进了大海。他一直到腿抽筋才停下。回到家中，他意识到自己是不可能去局长家吃晚饭了。

"喂？我是蒙塔巴诺。抱歉，但是……"

"你来不了？"

"嗯，真的很抱歉。"

"是因为工作吗？"

为什么不把真相说出来呢？

"不是，局长先生。是我父亲。有人给我送了封信。他看上去快去世了。"

局长一开始没说话。警长只听到了他一声长叹。

"听着，蒙塔巴诺。要是你想去看他，那就去吧，不用担心，待久点也没关系。我会找人临时替你的。"

"不，我不去了。但还是谢谢您。"

局长又不说话了。他肯定是被警长的什么话吓到了，但他是一个礼貌的、老派的人，就没有再提这事。

"蒙塔巴诺，我觉得有点不好意思。"

"别啊，跟我有什么不好意思的。"

"你记得吗，我之前告诉你，吃饭的时候有两件事跟你讲。"

"当然了。"

"好吧，那我就在电话里跟你说了，虽然……我也跟你说了，有点不好意思。现在说可能不太合适，不过我也怕你从其他渠道了解到，比方说报纸……当然了，你不知道这个事。不过，差不多一年前吧，我提交了一份申请，要求提前退休。"

"天啊！别告诉我他们……"

"是的，他们批准了。"

"但是您为什么想要退休啊？"

"我觉得自己跟不上时代了，还有，我觉得累了。我还觉得猜足球比赛输赢叫体彩呢。"

警长没听明白。

"不好意思，我没听懂。"

"你们管它叫什么？"

"赌球。"

"看？区别来了吧。不久以前，有记者抨击蒙塔内利[1]是老古董，举的例子就是蒙塔内利还管赌球叫体彩，还跟三十年前一样。"

"这有什么意义？这就是抖机灵！"

"意义重大，蒙塔巴诺。它意味着，我们还是无意识地紧抱着过去不放，不想看到某些变化，甚至会抗拒变化。我反正不到一年也就退休了。我在拉斯佩齐亚还有父母的一套房子，最近一直在装修。你去热那亚看利维娅小姐的时候，可以顺便来我们家看看，要是你愿意的话。"

"什么时候……"

"我什么时候走？今天几号了？"

---

1 译者注：因德罗·蒙塔内利是一位著名意大利记者，职业生涯起始于墨索里尼法西斯政权时期，当时对政府持支持态度。他到去世为止一直担任专栏作家和社会评论员。

"五月十二。"

"我八月十号正式离职。"

局长清了清嗓子。警长知道现在要谈第二件事了，大概更难启齿。

"关于另一件事……"

他显然在犹豫。蒙塔巴诺帮了他一把。

"总不至于比您刚才告诉我的还糟糕吧。"

"是关于你的升职。"

"不！"

"听我说，蒙塔巴诺。你的观点根本站不住。再说了，我的提前退休也批准了，那个，我也没什么讨价还价的本钱了。我不得不推荐你升职，一切都会水到渠成的。"

"我会被调走吗？"

"百分之九十九，会的。不过，你要记住，就算我不推荐你——你做了那么多漂亮案子——部里可能就会觉得有问题，然后还是会把你调走，只是不升职罢了。升职总比不升强吧？"

警长的脑子在全速运转，都冒烟了，努力想找到解决办法。他想到一个办法，猛扑了上去。

"要是，从现在起，我再也不逮捕任何人了呢？"

"我不懂。"

"我的意思是，要是我假装再也破不了案，我老是把案子搞砸，老是把他们放跑……"

"蒙塔巴诺，别瞎说。我就是不明白，每次我跟你谈升职，怎么你的智商就倒退到三岁娃娃的水平了。"

※

他在屋子里闲晃，把书放回书架，打扫五幅版画表面的玻璃上面落的灰尘——阿德莉娜从来不打扫——就这么打发了一个小时，没开电视。他看了看手表，快晚上十点了。他钻进车子朝蒙特鲁萨驶去。现在有三部电影上映：塔维亚尼兄弟的《亲和力》、贝托鲁奇的《偷香》和《与高飞同行》[1]。他毫不犹豫地选了卡通片。影厅是空着的，他回去找刚把他的票撕了的检票员。

"里面一个人都没有！"

"你不是人吗？你要什么，找人陪看吗？现在都这么晚了，小孩子们都睡了，也就你还醒着。"

有那么一瞬间，他发现，能在空旷的影厅里放声大笑真是很快乐的事。

※

迟早有一天，你会意识到，自己的生活已经改变了。但什么时候改变的？你问你自己去。你不知道怎么回答。无人注意的事件逐渐累积，终于有一天，质变发生了。或者，这些事件本来是很明显的，但你从来不去考虑它们的意义与后果。你一遍一遍地问自己，但"什么时候"这一问题的答案仍无解！好像它很重要似的！

蒙塔巴诺清楚地知道怎么回答。他会对自己说，我的生活是在五月十二日改变了。

---

1 译者注：《亲和力》改编自歌德同名爱情小说，《偷香》是一部情色片，《与高飞同行》是迪士尼卡通片。

※

在住所的正门旁，蒙塔巴诺最近安了一盏小灯，它会在夜幕降临时自动亮起。凭着这盏灯，他发现一辆车从主干道上开过来，停在房前空地上。他转身开到了一条通往自己家的小路上，在另一辆车旁边几英寸的地方停了下来。如他所料，是一辆金属灰宝马，车牌号是 AM237GW。但车里面没有人。驾车的人肯定已经藏到附近了。蒙塔巴诺最好还是假装一无所知。他下了车，吹着口哨，又把门关上，看到有人在等着他。他之前没注意到，是因为这个人站在车的后面，而且身材短小，还没有车顶高。这人简直是个侏儒，比真的侏儒高不了多少。他衣着考究，戴着小小的金边眼镜。

"你让我等了好久啊！"小个子往前走着说道。

蒙塔巴诺手里拿着钥匙，朝前门走去。小个子走到他面前，晃了晃一个什么证。

"我的证件。"他说。

警长推开拿着证件的小手，打开门，走了进去。这个人在他后面跟着。

"我是罗英格林·佩拉[1]上校。"小个子说道。

警长僵住了，好像有人在他肩胛骨之间穿了一根枪管。他慢慢转过身来，上下打量着上校。父母给他起这个名字，肯定是想从身材和姓氏上找补回来一点。上校小小的鞋子让蒙塔巴诺很着迷，鞋肯定是量身定做的。按鞋匠的话说，它连"儿童男鞋"都

---

1 译者注：罗英格林是瓦格纳同名歌剧的主角，是一名威武高大的圣杯骑士。佩拉在意大利语里是梨的意思。

算不上。不过特务机关还是把他收了，看来这行只要这么高也就够了。但是，他镜片后的眼睛是机灵、警觉、危险的。蒙塔巴诺确定地感到，他是为穆萨一事过来的。他走进厨房，上校还在后面跟着。他把阿德莉娜做的番茄酱胭脂鱼放到炉子上，开始摆桌子，没有马上开口。桌子上放着一本七百页厚的书，他是从一个二手书摊上买的，从来没打开过。他是被书名吸引住了：《局部存在的形而上学》。他把书拿起来，踮起脚尖放到书架上，然后按下了摄像机的按钮。就像有人喊了"开拍"一样，罗英格林·佩拉上校坐在了恰好拍得到的椅子上。

18

蒙塔巴诺花了半个多小时吃完胭脂鱼，要么是因为他想好好享用美餐，要么是因为他想给上校留下一个印象：他根本不在乎对方可能对自己说的话。他连一杯葡萄酒都没给上校拿。他旁若无人地吃着，甚至打了一个响嗝。罗英格林·佩拉一坐下就没挪窝，只是用那双毒蛇一般的小眼睛死死地盯住警长。蒙塔巴诺喝下了一小杯浓缩咖啡之后，上校才开始说话。

"你肯定知道我为什么来找你。"

警长站起身，进到厨房，把小杯子放进水槽，走了回来。

"我都摆在明面上了，"上校等他回来后继续说道，"大概这样对你最好，所以我选择开那辆车过来，就是你申请了两次车主信息的车。"

他从上衣口袋取出两张纸，蒙塔巴诺认出那是他发给机动车注册管理局的传真。

"你肯定都知道车是谁的了。你们局长肯定告诉过你，车牌号是涉密的。那么，你给我发了这些传真肯定表明，你想要的不只是车主信息，不管这是多么鲁莽的行为。所以，我相信——要是我错了可以纠正——你想要我们公开站出来。好，我来了，你的愿望已经满足了。"

"你能等我一分钟吗？"蒙塔巴诺问道。

他没等对方回答就站起身，走进厨房，端着一个盘子回来了，里面是一块巨大的、硬邦邦的西西里冰淇淋。上校耐心地等着警长开吃。

"请继续，"警长说，"现在这样没法吃，得先化一化。"

"在我们继续之前，"上校接着说，他的神经显然很坚强，"我要先澄清几件事。在你的第二封传真中，你提到一个名为阿伊莎的女人被害了。我们与她的死绝无干系。那肯定只不过是一场不幸的事故。如果她需要消失，我们早就下手了。"

"我不怀疑这一点。我自己也清楚。"

"那你在传真里怎么不这么写？"

"就是想显得严重点。"

"好。你读过墨索里尼的文章和演讲稿吗？"

"我不太喜欢他的作品。"

"在他的一部晚期作品中，墨索里尼说道，待人应如待驴，胡萝卜加大棒。"

"那个墨索里尼总是那么富有创造性！你知道吗？"

"知道什么？"

"我爷爷过去也总说这些东西。他是个农民，因为他不是墨索里尼嘛，所以嘴里成天都是狗屁啊、蠢驴啊之类的。"

"我可以从比喻那里往下说了吗？"

"当然！"

"你的传真，还有你说服马扎拉副局长瓦伦特审讯渔船船长和市长办公室主任，这些事都是大棒，是为了把我们逼出来。"

"胡萝卜呢？"

"胡萝卜就是新闻发布会，拉贝克拉夫人因谋杀亲夫被捕后的那一场。你本来可以凭着那件事把我们拖下水的，但你没有。你小心翼翼地让事件局限在嫉妒和贪婪上。当然了，这是一根不怀好意的胡萝卜，它在会上说……"

"上校，我建议你不要再用这个比喻了。胡萝卜都会说话了。"

"行。你通过新闻发布会想让我们知道，你手里还有别的消息，眼下不便透露的消息。我说得对吗？"

警长挖了一勺冰淇淋，放进自己嘴里。

"还是太硬。"他对罗英格林·佩拉说。

"你在消磨我，"上校评论道，但还是接着说，"无论如何，我们把话都说开了，你也把对案子的了解情况都告诉我们吧。"

"什么案子？"

"艾哈迈德·穆萨被杀一案。"

他成功地让对方公开说出了那个名字，摄像机全都平静地录了下来。

"不。"

"为什么不？"

"因为我喜欢你的音色、你的腔调。"

"我能喝一杯水吗？"

就表面来看，罗英格林·佩拉极其冷静克制，但内心肯定已如鼎沸。要水喝就是一个明显的信号。

"自己去厨房拿吧。"

上校在厨房里摆弄玻璃杯和水龙头的时候，蒙塔巴诺一直在从身后看他，注意到他夹克衫右边口袋鼓鼓囊囊的。敢不敢打赌？这个侏儒带着一把有他自己两倍大的枪。他决定不要掉以轻心，从手边拿起了一把锋利的刀，平常用来切面包的。

"我就单刀直入了，"罗英格林·佩拉坐下来，用一条小手帕擦了擦嘴，开始说道。手帕只有邮票那么大，上面还有刺绣。"两年多一点之前，突尼斯情报部门向我们求助，要举行一次计划周密的联合行动，目标是中立化一名危险的恐怖分子，他的名字你自己刚才说过了。"

"不好意思，"蒙塔巴诺说，"我词汇量有限。你说的中立化，是肉体消灭的意思吗？"

"随你怎么叫。我们与上级讨论了此事，获得的指令是不要参与联合行动。但是，不到一个月之后，我们发现自己陷入了不利处境，不得不向突尼斯的伙伴们请求帮助。"

"真是巧啊！"蒙塔巴诺欢呼道。

"是的。他们二话不说就帮了我们的忙，于是我们感到背了一笔人情债。"

"不！"蒙塔巴诺喊道。

罗英格林·佩拉停了下来。

"有什么问题吗？"他问道。

"你说，'人情债'。"

"随你便。就说债吧，去掉形容词，行吗？不过，不好意思，在继续说之前，我先要打一个电话，老是忘。"

"请便！"警长说道，指了指电话。

"谢谢。我有手机。"

罗英格林·佩拉没有带武器。口袋里鼓鼓囊囊的是移动电话。他输入了一个号码，蒙塔巴诺辨认不出来。

"喂？我是佩拉。都挺好的，聊着呢。"

他关掉手机，把它放在桌上。

"我们在突尼斯的同事发现，艾哈迈德最亲的妹妹卡里玛已经在西西里住了好几年。而且，从她的工作性质来看，她的社会关系应该很庞大。"

"不是庞大，"蒙塔巴诺纠正道，"是有选择的。她是一个可敬的妓女，专门给人带去自信。"

"艾哈迈德的得力干将法里德向头领建言，要在西西里岛建一个行动基地，可以利用卡里玛的资源。艾哈迈德非常信任法里德，不知道他已经被突尼斯的特务机关收买了。在我们的秘密协助下，法里德来到此地，与卡里玛接上了头，后者仔细查了查客户，最后选定了拉贝克拉。卡里玛强迫拉贝克拉将他以前那家进出口公司重新开张，可能是威胁他要将两人的关系告诉他妻子。这家公司成了绝佳的掩护。法里德会写加密商业信函给一家不存在的突尼斯公司，以此与艾哈迈德联络。对了，你在新闻发布会上说，拉贝克拉在某个时候给妻子写过匿名信，把自己的事说了出来。他为什么要这么做？"

"因为他觉得整件事不对劲儿。"

"你觉得他怀疑到实情了吗？"

"当然没有！最多，他大概也就以为是走私毒品。要是他发现自己正位于一场跨国阴谋的中心，他早就当场被杀了。"

"我同意。首先，我们最关心的是不要让那伙突尼斯人铤而走险。但是，我们也想要确保鱼会上钩。"

"不好意思，但是法里德身边时不时出现的那个金发小伙子是谁啊？"

上校钦佩地看着他。

"你连这个也知道？他是我们的人，定期过去查看工作。"

"他过去的时候也会与卡里玛做爱。"

"这种情况是会发生的。最后，法里德说服了艾哈迈德来意大利，理由是可能有一大笔军火。跟以前一样，在我们的秘密保护下，艾哈迈德·穆萨在法里德的指示下抵达马扎拉。在市长办公室主任的压力下，渔船船长同意让艾哈迈德上船，因为他与那名捏造的军火商要在公海上会面。艾哈迈德·穆萨毫无疑心地走入了陷阱。他甚至点了根烟。之前我们让他点的，说是方便识别。但是，斯帕达齐亚长官犯了一个大错。"

"他没有警告船长，这不是一次秘密会面，而是突然袭击。"蒙塔巴诺说。

"你可以这么说。船长按照之前说好的，把艾哈迈德的证件全都扔进大海，又把这个阿拉伯人口袋里的七千万里拉跟船员分了。接着，他们没回马扎拉，而是换了条航线。他对我们是起了疑的。"

"哦？"

"你看，我们之前已经把巡逻艇引去了别的地方，船长也知道。如果是这样的话，他肯定会想，谁能保证我回去的路上不会挨一枚导弹或者水雷，或者遇上另一艘巡逻艇，把我的船彻底消灭，让这次行动的一切痕迹都消弭于无形呢？这就是他去了维加塔的原因。他要把牌打乱。"

"他猜对了吗？"

"在什么意义上？"

"有没有谁或者什么在等着这艘渔船？"

"拜托，蒙塔巴诺，那将是毫无意义的屠杀。"

"你只搞有意义的屠杀，是吧？你计划怎么样让船员闭嘴？"

"再引用一下那位你不喜欢的作者的话：胡萝卜加大棒。无论如何，我要说的都说了。"

"还没。"

"你什么意思，还没？"

"我的意思是，你还没说完。你很精明地把我带到了海上，但我还没忘落在岸上的东西呢。比方说，法里德。他肯定从你的线人那里了解到，艾哈迈德已经被杀了。但是渔船在维加塔停靠了，这是他不能理解的。他觉得很困惑。无论如何，他必须马上进行下一步任务了。用你的话说，就是中立化拉贝克拉。于是，他来到了老头家门口，但让他惊讶和警觉的是，有人已经先行一步了。他都尿裤子了。"

"你说什么？"

"他害怕了，不知道到底发生了什么。与渔船船长一样，他以为是你们的人在背后干的。在他看来，你们已经开始清除与行动有某种关联的人了。有一阵子，他可能怀疑拉贝克拉是卡里玛解决的。你可能不知道，但是在法里德的命令下，卡里玛强迫拉贝克拉把她藏在他家中，到了这个节骨眼儿，法里德可不想让拉贝克拉闹出什么幺蛾子。然而，法里德不知道卡里玛把任务完成后，马上就回了家。不管怎么说吧，在上午的某个时刻，法里德遇上了卡里玛。法里德说她哥哥已经被杀了，在这个过程中，两人肯定爆发了激烈的争吵。卡里玛接着就想跑。她没跑成，然后被杀了。反正她以后肯定也是要被消灭的，不声不响地。"

"跟我想的一样，"罗英格林·佩拉说，"你自己全搞明白了。现在，我请你想一想：跟我一样，你也是为祖国忠诚奉献的公仆，所以……"

"去你的！"蒙塔巴诺轻声说。

"我不明白。"

"我再重复一遍：去你的祖国，去你的！在国家公仆的意义上，你我是天差地别的两极。从一切目的和意图来看，我们为之奉献的是两个不同的国家。所以，我求你，不要把你的工作跟我的相提并论。"

"那么，你是想当堂吉诃德了，蒙塔巴诺？每个社会都需要有人清扫卫生间。但这并不意味着，清洁工就不是社会的一分子。"

蒙塔巴诺越发愤恨了，再说一个字都肯定会把事情搞砸。他伸出一只手，把冰淇淋拉近一点，吃了起来。现在罗英格林·佩拉已经熟悉这一行为了：只要蒙塔巴诺开始吃冰淇淋，他就要闭嘴。

"卡里玛被杀了，对吧？"蒙塔巴诺吃了几勺后问道。

"是的，很不幸。法里德害怕……"

"我不关心为什么。我关心的是事实，她被一个忠诚的国家公仆杀害了，比如你这样的公仆。你管这叫什么，中立化还是谋杀？"

"蒙塔巴诺，你不能用普通大众的道德来……"

"上校，我已经警告过你一次了：不要在我面前谈道德！"

"我只是说，有的时候，国家理性……"

"够了，"蒙塔巴诺说道，他满腔怒火，四大口就把冰淇淋整个吃完了。接下来，他突然拍了一下脑门。

"对了，现在几点了？"

上校看了看自己的腕表。这个表看起来像是个奢华的小孩玩具。

"已经两点了。"

怎么法齐奥还没来？蒙塔巴诺小声对自己说，假装很担心的样子。他接着说："我要去打个电话。"

他起身走向两码以外桌上的电话，开始大声说话，故意让罗英格林·佩拉听得清清楚楚。

"喂，法齐奥吗？我是蒙塔巴诺啊。"

法齐奥正睡得香呢，说话都有些吃力。

"警长，怎么了？"

"行了，你忘了逮捕的事了吗？"

"什么逮捕？"法齐奥疑惑地说。

"逮捕西蒙·费莱西亚啊。"

西蒙·费莱西亚前一天就被抓了，还是法齐奥亲手抓的。法齐奥马上明白了。

"我要怎么办？"

"来我家接我，然后去抓他。"

"要开我自己的车吗？"

"不用，最好开警车。"

"我马上到。"

"等等！"

警长把手盖在话筒上，把头转向上校。

"咱们还要多久？"

"依你！"罗英格林·佩拉说。

"这个，二十分钟左右过来吧，"警长对法齐奥说，"别来早了。我还有话要跟一个朋友说。"

他挂断电话后坐了回来。上校笑了笑。

"咱们就这么多时间了，开价吧。我用词不好，见谅啊。"

"不贵，便宜得很！"蒙塔巴诺说。

"我听着呢。"

"就两件事。第一，一周之内，我要让卡里玛的尸体公之于众，必须要能够明确指认。"

就算是用警棍猛击罗英格林·佩拉的头，也不至于有这么大的反应。他的嘴巴一张一合，用小小的手抓着桌子边缘，好像怕从椅子上摔下去。

"为什么？"他像吐丝一样说出了这三个字。

"不关你的事！"警长坚定、直率地答道。

上校把小脑袋从左摇到右，从右摇到左，活像提线木偶。

"做不到。"

"为什么？"

"我们不知道她……埋在哪儿。"

"那谁知道？"

"法里德。"

"法里德被中立化了吗？你知道吗，我开始喜欢上这个词了。"

"没。他回突尼斯了。"

"那就没问题了，跟他在突尼斯的小伙伴们联系一下。"

"不，"小个子坚定地说，"此事已经尘埃落定。发现一具尸体定会沉渣泛起，我们犯不上。不，这是不可能的。别的你随便说，只是这件事我没法办到，更不要说我看不到这样做有何目的了。"

"太糟糕了！"蒙塔巴诺起身说道。罗英格林·佩拉也不能自已地站了起来。但是他不是轻言放弃的人。

"好吧，我只是好奇，你想说的第二个要求是什么？"

"当然可以。维加塔局长提交了一份申请，要把我提升为副局长。"

"我们绝对会让它顺利得到批准的。"上校宽慰地说。

"要是让它被驳回呢？"

蒙塔巴诺能清晰地听见罗英格林·佩拉的世界在自己面前崩

塌、碎裂的声音。他还看见上校弯下腰，好像要躲避爆炸一样。

"你真是个彻头彻尾的疯子！"上校说道。他真的被吓坏了。

"你才发现？"

"听着，你自己爱怎么办怎么办，但我绝不会服从你要让卡里玛的尸体公之于众的要求。绝对不会！"

"咱们来听听带子吧，怎么样？"蒙塔巴诺礼貌地问道。

"什么带子？"罗英格林·佩拉疑惑地说。

蒙塔巴诺走到书架上面，踮着脚尖取下摄像机，把它拿给上校看。

"天哪！"上校瘫在了椅子里。他在出汗。

"蒙塔巴诺，为了你自己好，我恳求你……"

但这个男人是一条蛇，行事与毒蛇一样。他看起来像是在求警长不要做傻事，同时手轻轻地挪动着，现在已经快够到手机了。他知道不可能独自全身而退，所以想要呼叫支援。蒙塔巴诺让他的手又朝手机挪了一厘米，然后出手了。他一只手把桌子上的手机扔了出去，另一只手狠狠砸在上校脸上。罗英格林·佩拉一路逃出房间，眼镜都掉了，接着撞在了远离门口的墙上，最后滑倒了。蒙塔巴诺缓缓地走近，然后像一部关于纳粹的电影里那样，用鞋跟踩碎了上校的小眼镜。

他的气还没消，于是用尽全力把手机砸在地上，又用鞋跟几乎将它碾成碎片。

最后，他从工具抽屉里拿出锤子，把它砸了个稀巴烂。接着，他朝还躺在地上虚弱呻吟着的上校走过去。一见警长来到他的面前，罗英格林·佩拉就像小孩一样用前臂护住了脸。

"够了，可怜可怜我吧！"他乞求道。

他到底是个什么人？脸上挨了一拳，嘴唇裂开出了点血，然后就成了这副德行？蒙塔巴诺揪着他的夹克领子，把他拽起来，弄到椅子上坐下。罗英格林·佩拉颤颤巍巍地用袖珍刺绣手帕擦掉血，闭上眼睛，看上去即将昏厥。

"就是……血……我不能见血。"他说。

"你的血，还是别人的血？"蒙塔巴诺质问道。

他走进厨房，拿了半瓶威士忌和一个玻璃杯，放在上校面前。

"我滴酒不沾。"

蒙塔巴诺发了火，现在平静点了。

要是上校，他想，想打电话求援，那么要营救他的人肯定就在附近，离房子不过几分钟车程。这是实实在在的危险。这时，他听到门铃响了。

"警长？是我啊，法齐奥。"

他把门开了一半。

"听着，法齐奥，我还有话要跟之前提到的那个人说。你去车里等着。用得着你，我会给你打电话。不过要小心：这一片可能有心怀不轨的人。不管谁要接近这座房子，都拦下。"

他把门关上，又坐到了六神无主的罗英格林·佩拉面前。

"现在试着理解理解我吧，因为很快你就什么都理解不了了。"

"你想对我做什么？"上校脸色煞白地问道。

"不出血，别担心。你已经在我手掌心里了，我希望你看清楚。你真是太蠢了，在摄像机面前侃侃而谈。要是我把录像带在电视上播出，肯定会轰动全球。在事情结束之前，你就去街头卖鹰嘴豆三明治去吧。或者呢，你把卡里玛的尸体找到，把我的升职压下来——要是没有大问题，两件事可以一起办了——我保证把录像带销毁。你只能选择相信我。我说明白了吗？"

罗英格林·佩拉点了点小小的脑袋，这时警长才发现，桌子上的刀不见了。上校肯定是趁着自己跟法齐奥说话时拿走了。

"我跟你说，"蒙塔巴诺说，"你知不知道毒虫这种东西？"

佩拉露出疑惑的表情。

"为了你自己好，把藏在夹克衫里的刀子放下。"

上校一言不发地遵从了，把刀放到桌子上。

蒙塔巴诺开了威士忌，倒满一整杯，递给罗英格林·佩拉，对方满脸厌恶。

"我都告诉你了，我滴酒不沾。"

"喝！"

"我喝不了，相信我。"

蒙塔巴诺用左手拇指和食指捏着上校的脸，逼着他张开嘴。

※

在车里待了大概四十五分钟后，法齐奥都快睡着了，这时听见警长叫他。刚进门，他就看到了醉倒在地的小个子，他吐了自己一靴子。小矮人自己已经站不起来了，一会儿倚在椅子上，一会儿靠在墙上，努力想唱《圣洁的阿依达》。法齐奥在地上发现了一副眼镜和一部手机，全都砸碎了。桌子上有一个威士忌的空瓶、一个空玻璃杯、三四张纸和证件。

"仔细听着，法齐奥，"警长说，"我要把情况仔仔细细地跟你讲，以防有人问你。今天晚上，大概快半夜了，我正要回家，结果在家门口的一条小路尽头看到了这个人的车，宝马，把我的路挡住了。他完全喝醉了，肯定开不了车了，我就把他带回了家里。他口袋里没有证件，什么都没有。我试了好几次让他醒酒，都不行，就叫你来帮忙了。"

"知道了。"法齐奥说。

"好了，计划就是这样。你把他弄起来，反正也不沉，放到他的宝马车里，然后开车，把他拘起来。我开警车随后就到。"

"那你一会儿怎么回家？"

"你开车送我啊。明天早晨，他恢复神志以后就马上放他走。"

※

回到家，他把总是放在车子手套箱里的手枪拿了出来，别在腰间。然后他拿起扫帚，把罗英格林·佩拉的手机和眼镜碎片打扫干净，用报纸包好。他拿起米米送给弗朗索瓦的小铲子，在阳台近前挖了两个深坑。一个坑里埋着报纸包好的东西，然后盖好；另一个倒进去撕碎了的文档和证件，接着泼入汽油，付之一炬。烧完之后，他又把坑埋好。天开始亮了。他走进厨房，煮了一壶浓咖啡喝掉，接着刮了胡子，冲了个澡。在坐下来观看录像带之前，他想要彻底放松。

照着尼科洛教他的，他将小带子插进大带子里，接着打开电视和录像机。几秒钟后，屏幕依然是一片空白，他起身检查设备，觉得肯定是接触问题。他就是搞不来这类事情，更别提电脑了，简直让他头皮发麻。这次又不行了。他把大带子弹出来，往里面看了看。小带子好像没插牢，于是使劲插到底。他又把装好的带子插回了录像机。屏幕上还是什么都没有。这玩意儿怎么不干活了？就在他扪心自问的时候，他突然僵住了，心中被疑惑占据，于是冲向电话。

"喂？"电话对面的声音好像很吃力。

"尼科洛，我是蒙塔巴诺。"

"天哪，我还能指望是谁呢？"

"我有事要问你。"

"你知道现在几点吗？"

"抱歉，非常非常抱歉。还记得你借给我的摄像机吗？"

"嗯？"

"哪个按钮是开始录像来着？顶上那个还是底下那个？"

"顶上那个，笨蛋。"

他按错键了。

※

他再次脱掉衣服，穿上泳装，勇敢地踏入冰冷的海水。游得筋疲力尽，只好仰着漂在海面时，他开始琢磨，归根结底，他什么都没录是不是也没那么糟糕。要点在于，上校相信他录了，以后也会一直相信。他上岸回家，没擦身子就直接倒在床上，沉沉睡去。

※

醒来已经过了九点钟，他有一种模糊的感觉，那就是他不能回去上班，处理日常事务了。他决定告诉米米。

"喂！喂！谁呀？"

"蒙塔巴诺，坎塔。"

"真的真的是您本人吗，警长？"

"真的真的是我本人，帮我接奥杰洛。"

"你好，萨尔沃。你在哪儿？"

"家里。挺好。米米，我觉得我今天不能去上班了。"

"你生病了吗？"

"没有，就是一种感觉。今天不行，明天也不行。我要休息四五天。你能帮我盯着吗？"

"当然！"

"谢谢。"

"等等，别挂！"

"怎么了？"

"我有一点担忧，萨尔沃。最近几天你都有点奇怪。你出什么事了？别让我为你担惊受怕啊。"

"米米，我只是需要一点休息，就这样。"

"你要去哪儿？"

"我还不知道。稍后联系。"

※

实际上，他很清楚自己要去哪儿。用五分钟时间打好行李，又用多一点的时间选好路上要带的书，然后用大写字母给管家阿德莉娜写了张字条，告诉她自己一周内回来。来到马扎拉的餐厅时，他们热情地接待了他，就像归乡浪子一样。

"前两天，我记得你说有房出租。"

"是的，楼上有五间。不过现在是淡季，只有一间租出去了。"

他们带他看了房间，宽敞明亮，正对着大海。他躺到床上，大脑放空，胸口满溢着一种快乐的忧伤。他要解开缆绳，驶入梦的国度了。这时，传来了敲门声。

"进来，门没锁。"

厨师站在门口。他又高又壮，年约四十，眼睛是黑的，皮肤也是黑的。

"你干什么？"

"你要不要下来？我听说你过来了，就给你做了点东西……"

厨师给他做了什么，蒙塔巴诺没听清，因为耳中响起了甜美的、温柔的、美妙绝伦的乐声。

※

之前一个小时，他都在看着一艘船缓缓地朝岸边划来。上面坐着一个男人，富有韵律感和力量感地划着。餐厅老板也看到了这艘船。蒙塔巴诺听见他大喊：

"路齐诺，骑士先生回来了！"

警长一会儿就看到路齐诺，老板十六岁的儿子，下到海里，把船推上沙滩，免得乘客把脚弄湿。这个骑士穿着入时挺拔，蒙塔巴诺不知道他的名字，只见他戴着一顶白色巴拿马帽和一条考究的黑色头带。

"骑士先生，您没事吧？"餐厅老板问他。

"屁股疼，就这。"

他年约七十，瘦瘦的，很平静。过了一会儿，蒙塔巴诺听到自己隔壁房间传来了声响。

※

"我在那边摆好桌子了。"一见蒙塔巴诺出来吃晚饭，厨师就说道，然后把他带到了一个只能放两张桌子的小房间。警长很感激，因为大堂正在办一场聚会，人声和笑声不绝于耳。

"这是张两人桌，"厨师接着说，"您介意平塔库达骑士先生与您一同用餐吗？"

他当然有理由反对：他害怕吃饭的时候不得不开口说话。

几分钟后，瘦骨嶙峋、年逾古稀的老人鞠躬后做了自我介绍。

"利波里奥·平塔库达，我不是什么骑士。"他入座时说道，

"有些事我必须跟你说，虽然可能显得有些粗鲁。"不是骑士的老人说道。"我吃饭不说话，说话不吃饭。"

"咱俩一样。"蒙塔巴诺说，舒了一口气。

蟹肉面清新脱俗，仿若第一等的芭蕾演员。藏红花浇汁填馅海鲈鱼更是让他无法呼吸，几乎被惊吓到了。

"你觉得以后还会有这样的神迹吗？"蒙塔巴诺指了指自己面前的空盘子问道。两人都吃完了，恢复了说话的能力。

"会有的，别担心，就像圣雅纳略[1]的宝血一样。"平塔库达老人说，"我来这里好多年了，塔尼诺的厨艺从来没有，我再说一遍，从来没有让我失望。"

"在顶级餐厅，塔尼诺这样的大厨也是最棒的。"警长评论道。

"是啊！去年，一个法国人碰巧路过。他是巴黎一家著名餐厅的老板，结果当时就差跪下求塔尼诺跟他回巴黎了，但他没说动。塔尼诺说，他生在这里，死也要死在这里。"

"他这手厨艺肯定是有人教会的，不可能是从娘胎里带出来的。"

"你知道吗，就在十年前，塔尼诺还是个小混混，小偷小摸，贩点毒什么的，几进宫了。接着，有一天晚上，圣母玛利亚向他显圣了。"

"你开玩笑吗？"

---

1 译者注：圣雅纳略是那不勒斯的主保圣人。他的生平人们所知不多，主要因其血液的神迹知名。他的血块保存在该市一座教堂的一个小玻璃瓶中，据称每年大约会发生十八次液化，其中最盛大的一次活动是在九月十九日，每次都有很多人前来围观。未能如期液化被认为是凶兆。

"我已经尽量严肃了。按他的说法,圣母拉住他的手,盯着他的眼,向他宣示:从第二天起,他就会成为一名伟大的厨师。"

"别闹了!"

"我举个例子。你之前从没听过这个圣母的故事,但是吃完鲈鱼以后,你专门用了'神迹'这个词。但我看得出来,你不信超自然,所以我就换了个话题。你为了什么事来这边,警长?"

蒙塔巴诺愣了一下。他从没跟这里的人说过自己的职业。

"我在电视上看了你的新闻发布会,就是你逮捕了谋杀亲夫的女人之后。"平塔库达解释道。

"请不要告诉任何人我的身份。"

"可他们都认识你啊,警长。不过,他们了解到你不喜欢被认出来,所以就装不知道。"

"你做什么有意思的事呢?"

"我以前是哲学教授,如果你管教哲学叫有意思的话。"

"没意思吗?"

"一点意思都没有。年轻人都觉得烦。他们再也不关心黑格尔、康德对万物的思想了。哲学训练大概都应该替换成,比方说,我不知道,管理学入门这样的课吧。最起码还有点意义。"

"管理什么的入门?"

"生活,我的朋友。你知道贝内德托·克罗齐[1]在回忆录里怎么写的吗?他说,从经验中,他学会了将生活视为一个严肃的事情,

---

1 译者注:克罗齐是意大利现代文艺评论家、史学家、哲学家,著作等身,同时是一位自由主义者。

一个有待解决的问题。看起来很平常，是吗？可惜不是。总得有人从哲学上向年轻人解释一些事情的意义，比方说，一个周六晚上，开着他们的车撞上另一辆车。你得告诉他们，从哲学的角度告诉他们这种事情本来是可以避免的。不过，我们会有时间好好探讨这种事情的。我听说你要待几天。"

"是的。你一个人住吗？"

"我要在这待十五天，都是一个人。我其他时候住在特拉帕尼的一座庞大的老宅里，还有我老伴和四个女儿，她们都出嫁了，还有八个孙子孙女，他们不上学的时候都整天跟我在一块儿。我至少每三个月就会来这里透透气，不留电话号码，也不收转发信件。寂静之水，清濯我身。这里就像一个诊所，能疗愈我过分敏感的神经。你下象棋吗？"

※

第二天下午，就在他躺在床上第二十次阅读夏夏的《西西里的阿拉伯法典》时，他突然想到，自己忘了跟瓦伦特说自己跟上校约定的奇怪交易了。如果他这位马扎拉的同事继续追查，可能会遇到危险。他马上下楼去打电话。

"瓦伦特吗？我是蒙塔巴诺。"

"萨尔沃，你他妈跑哪儿去了？我到办公室去找你，结果他们说没有你的消息。"

"你找我干什么？有新情况吗？"

"是的。局长今天早晨突然给我打电话，说我的调职申请已经获批了。我要去赛斯特里了。"

瓦伦特的妻子茱莉亚就是赛斯特里人，她的父母也住在那里。到目前为止，这位副局长每次要求调去利古利亚的申请都被驳回了。

"我不是说过了，这件事肯定会有好处？"蒙塔巴诺提醒他。

"你真这么以为？"

"当然了。他们采取了一种你不会反对的方式，让你不要再找他们麻烦。他们是对的。调令何时生效？"

"立即生效。"

"看！你走之前，我要跟你道个别。"

罗英格林·佩拉和他的小伙伴们行动很迅速。接下来，就要看这是好信号，还是坏信号了。他要做一个简单的测试。如果他们这么想尽快平息事态，那他们肯定会马不停蹄地给自己也传递消息。意大利的这帮官僚，平常慢得跟蜗牛一样，一到祸害老百姓就快如闪电了。他脑子里想着这个广为人知的事实，给局长打了电话。

"蒙塔巴诺！天啊，你跑到哪里去了？"

"抱歉向您保密了。我休了几天假。"

"我理解。你去看望——"

"不是。您找我吗？是有事找我吗？"

"是的，我是要找你，不过不是有事要你做。好好休息。你记不记得，我本来要推荐你升职？"

"我怎么会忘了呢？"

"好吧，今天早晨，拉古萨长官从司法部给我来了电话。他是我的好朋友。他说，很明显……出了点麻烦，我也不知道是什么麻烦。简单说吧，你的升职受阻了。拉古萨没告诉我别的，也不能跟我讲。他还明确表示，继续坚持是没有用的，甚至是不明智的。相信我，我很震惊，也很生气。"

"我没事。"

"我还不知道？可算遂了你的心意，是吧？"

"双喜临门啊，局长。"

"双喜？"

"见了面，我跟您解释。"

他放心了。他们做了该做的事。

※

又一天早晨，利波里奥·平塔库达手里端着一杯还冒热气的咖啡，叫醒了警长。当时外面还黑着。

"我在船里等你。"

他是在邀请警长浪费半天时间在钓鱼上，警长之前答应的。蒙塔巴诺穿着牛仔裤和长袖衬衫。船上的老绅士衣着齐整，要是自己穿着泳衣肯定会感觉很蠢。对教授来说，钓鱼就跟用餐一样。他从来不开口，只是偶尔骂骂鱼怎么不咬钩。

大概九点时，太阳已经高挂，蒙塔巴诺再也忍不住了。

"我要失去父亲了。"他说。

"请节哀！"教授说道，眼睛都没离开鱼线。

在警长看来，这两个字太平淡了，不太礼貌。

"他还没死，不过快了。"他澄清道。

"没区别。对你来说，你听到他快死了的时候，你父亲就已经死了。至于其他的，这么说吧，只是走个身体上的形式。不过如此。他跟你住在一起吗？"

"没，他住在另一个城市。"

"一个人？"

"是的。他现在这个状态，我鼓不起勇气去看他，死前我不敢，就是做不到。那个念头让我恐惧。我没有力量踏入他住的医院。"

老人什么都没说，只是替换鱼儿吃掉的饵。鱼儿们真要谢谢他。然后，他决定开口了。

"你知道吗，我碰巧跟过你办的一个案子，就是陶狗案。那一次，你扔下一个案子，全身心地投入了一桩武器走私案，去查大概五十年前的一宗罪案，虽然即便破了案也不会带来任何实际影响。你知道自己为什么那样做了吗？"

"好奇心？"蒙塔巴诺猜了猜。

"不，我的朋友。你坚持投入到你那不轻松愉悦的工作中只是为了逃避日常的繁杂琐碎，这对你来说是一种机智的方式。显然，有的时候，日常生活中的事让你难以承受，于是你会逃离。正如我在这里躲避一样。但是，我一回到家，在这里得到的大半好处就失去了。你父亲要死了，这是一个事实，但你拒绝亲眼面对，拒绝去证实它。你很像那个以为闭上眼睛就能隔绝世界的孩子。"

利波里奥·平塔库达教授这时正直直地盯着警长的眼睛。

"你何时要决定长大呢？"

20

他下楼吃晚餐的时候暗下决心，第二天上午要回维加塔。他
已经走了五天了。路齐诺在往常的小房间里已经摆好了桌子，平
塔库达老人已经就位等着他了。

"我明天就走了。"蒙塔巴诺宣布。

"我不走。我还要再疗养一周呢。"

路齐诺马上把头盘端了上来，之后两人的嘴巴就只用来吃饭
了。第二道菜来的时候，他们大吃一惊。

"肉丸！"教授气愤地大喊，"肉丸是给狗吃的！"

警长依然冷静。餐盘里浓郁的香气飘进了他的鼻子。

"塔尼诺怎么了？他生病了吗？"平塔库达关切地问。

"没有，先生。他在厨房呢。"路齐诺回答。

这时教授才用叉子把一个丸子分成两半，放进嘴里。蒙塔巴
诺还没动。平塔库达老人嚼得很慢，双眼微闭，发出了呜咽声。

"要是一个人死前吃了这种东西，他肯定巴不得到地狱里去。"
他轻声说道。

警长把半个丸子放进嘴里，用舌头和味蕾做起了一番科学分
析，就算亚科穆齐也会自愧不如。结果：鱼肉，没问题，洋葱、辣椒、

搅匀的鸡蛋、盐、胡椒、面包糠，但还有两重风味掩藏在煎锅里的黄油味底下，蒙塔巴诺没能尝出来。他又吃了一大口，尝出了第一口没认出来的味道：孜然和香菜籽。

"印度肉丸！"他惊讶地喊道。

"你说什么？"

"这是一道印度菜，很地道。"

"我不管是哪里的菜，"教授说，"我只知道这就是个笑话。在我吃完之前请不要与我说话。"

※

平塔库达在等桌子收拾的时候，提议两人像平常那样下盘象棋。蒙塔巴诺平常就从没赢过。

"抱歉，等我一分钟！我要先跟塔尼诺道个别。"

"我跟你去。"

大厨正在严厉批评帮厨，因为他锅没刷干净。

"你要是这么干，客人嘴里就有昨天的菜味，品不出滋味来了。"

"听着，"蒙塔巴诺说，"你是不是真的从没离开过西西里？"

他肯定是不自觉地用起了警察讯问的语气，因为塔尼诺又回到了当年小混混的腔调。

"从没有，警长，我发誓！我有证人！"

因此，他肯定不是从外国餐厅里学到这道菜的。

"你跟印度人打过交道吗？"

"电影里那样的吗？红皮肤人？"

"什么？！"蒙塔巴诺说。接着，他对神迹大厨说了再见，给了他一个拥抱。

※

他不在的五天里，法齐奥跟他说，没出什么大事。火车站附近烟草店的老板卡梅洛·阿尔诺尼朝男装店的安吉洛·坎尼扎罗开了四枪，为了一个女人。米米·奥杰洛当时正好在附近，勇敢地跟枪击者对峙并将他的枪夺了下来。

"那么，"蒙塔巴诺评论道，"坎尼扎罗肯定吓得不轻。"

"城里的人都知道，卡梅洛·阿尔诺尼不会使枪，就算近距离平射都打不中一头牛。"

"呃，这次打中了。"

"他打中他了？"蒙塔巴诺惊讶地问。

"其实吧，"法齐奥继续解释，"他这次也没打中目标。但是，一颗子弹打中了灯柱，然后弹了回来，正中坎尼扎罗的肩膀。伤得不重，当时子弹已经是强弩之末了。不过，没多久，城里就传开了，说卡梅洛·阿尔诺尼卑鄙地从身后射击安吉洛·坎尼扎罗。于是，坎尼扎罗的兄弟帕斯夸里诺——他是个卖蚕豆的，眼镜的镜片有一英寸那么厚——就拿上武器，跟踪卡梅洛·阿尔诺尼，朝他开了枪，结果：一没打中，二认错人了。他跟着的是卡梅洛的兄弟菲利波，两人长得很像。菲利波是开果蔬店的。他第一枪不知道打到哪里去了，第二枪擦破了一个从卡尼卡蒂过来出差的店主左手的皮。这个时候，手枪卡壳了，不然帕斯夸里诺·坎尼扎罗肯定还会滥伤无辜。"

"对了，还有两起抢劫的，四起掏包的，三起烧车的。都是

243

平时常见的案子。"

这时有人敲门，托尔托雷拉用脚顶开门以后走进来，抱着大约六七磅重的文件。"您正好在，好好干吧。"

"托尔托雷拉，你说得好像我走了一百年似的！"

蒙塔巴诺必须仔细看过才会签字，所以到午餐的时候才弄完了两磅左右。虽然肚子已经咕咕叫了，他还是决定不去圣卡罗杰诺餐厅吃饭了。他还没准备好去亵渎对塔尼诺的回忆，他可是受圣母直接召见的大厨。背叛终将来临，但至少要到斋戒之后。

他到晚上八点才签完文件，不仅手指疼，整条胳膊都疼。

※

回家的时候，他已经饿疯了，肚子像被挖开了一个洞。他要怎么办？打开烤箱和冰箱，看阿德莉娜给他做了什么。他琢磨着，如果严格来说，从一家餐馆转向另一家可以称得上背叛，那么从塔尼诺转向阿德莉娜当然也是。不过，也许可以换个说法：在外胡吃海塞之后回归家庭餐桌。烤箱是空的。他在冰箱里找到了十来颗橄榄和三条沙丁鱼，一个玻璃罐里还有少量兰佩杜萨产的沙丁鱼。厨房的桌子上有些用纸包起来的面包，旁边是阿德莉娜留下的一张字条。

鉴于你没告诉我回来的日期，我做了一顿，又做了一顿，然后只好全扔掉。我再也不给你做了。

显然，她不想继续浪费时间了，但更重要的是，她因为自己没有告诉她回来的日期而生气了。（好吧，我就是个女佣，先生，但你有的时候对我的态度就跟打发仆役一样！）

他无精打采地就着几颗橄榄吃了面包，配上父亲的葡萄酒。他打开电视，拨到自由频道。

该放新闻了。

尼科洛刚刚播报了费拉市议员因贪污受贿被捕的消息。接下来是每日要闻。在卡尔塔尼塞塔省与恩纳省之间的索姆马蒂诺市郊外发现一具高度腐烂的女尸。

蒙塔巴诺从扶手椅上跳了起来。

该名女子系勒毙，装进袋子后抛入一口很深的枯井。她身旁发现了一个小手提箱，得以证明其身份。卡里玛·穆萨，三十四岁，原籍突尼斯，几年前移居维加塔。

警长交给尼科洛的卡里玛、弗朗索瓦的照片出现在了屏幕上。

还有观众记得自由频道播报过这个女人失踪的新闻吗？同时，她的儿子至今下落不明。据负责该案调查的迪利贝托警官称，凶手身份不明，可能是个拉皮条的。然而，这位警官认为还有大量细节有待澄清。

蒙塔巴诺学了一声马叫，关掉电视，微笑起来。

罗英格林·佩拉遵守了自己的诺言。

蒙塔巴诺站起身，伸了个懒腰，坐下后很快就在扶手椅上睡着了。他睡得很沉，大概一个梦也没有做，就像一麻袋土豆似的。

※

第二天早晨，他从办公室给局长打了个电话，说自己想去局长家共进晚餐。然后，他给索姆马蒂诺警局打了个电话。

"迪利贝托吗？我是蒙塔巴诺。我从维加塔打的。"

"你好啊，伙计。我能为你做点什么？"

"我想了解一下你在井里发现的女尸。"

"卡里玛·穆萨。"

"是的。她的身份你完全确定吗？"

"毫无疑问！在她包里，我们还找到了一张蒙特鲁萨农业银行的借记卡。"

"抱歉，打断一下。你看，会不会是有人放……"

"你听我说完。三年前，这个女人出过一次事故，右臂在蒙特鲁萨医院缝了十二针。都对上了。虽然尸体已经高度腐烂，但疤痕还能看见。"

"听着，迪利贝托，我前两天休假，今天早晨刚回维加塔。我之前没收到消息，是在地方台上了解到这具尸体的。报道里说，你还有些疑问。"

"跟身份没关系。但我肯定，她是在别处被杀害和埋葬的，不是在我们收到匿名线索以后发现她的地方。为什么要把她刨出来，把尸体送到别处？有什么必要吗？"

"你怎么确定他们这么干了？"

"你看，卡里玛的箱子上面沾有尸体刚开始所在地方的泥土。为了将箱子弄到井里，也就是它被发现的地方，他们用报纸把它包了起来。"

"怎么了？"

"报纸是三天前的，但这个女人至少是十天前被杀的，验尸官可以拿性命担保，所以我还要查查移尸的原因。我还没思路。"

蒙塔巴诺明白，但他不能告诉自己的同事。特务机关的混账东西能把这一件事做好就不错了！比方说，那一次，他们想要让公众相信一家利比亚飞机在某一天于希拉坠毁，于是安排了又是爆炸，又是大火。然后，尸检结果表明，飞行员在撞击前十五天就死了。一具飞尸。

※

晚餐朴素而美味，之后蒙塔巴诺和上司去了书房。局长的妻子去看电视了。

蒙塔巴诺讲了很久，很详细，连他主动踩碎罗英格林·佩拉小小的金丝眼镜都没落下。从某个时候起，汇报变成了忏悔，但局长并没有一上来就宽恕，他对自己一直被蒙在鼓里感到很恼怒。

"我对你很生气，蒙塔巴诺。我都要退休了，你连让我再风光一把的机会都不给我。"

※

我亲爱的利维娅：

这封信可能会让你很惊讶，原因至少有两个。第一就是信本身，是我亲手写的，并亲手寄的。至于没写下的，每天至少都有一封，车载斗量不足计。我意识到，这么多年来，我只给你寄过一封很糟糕的明信片，上面的几句问候语，用你的话说，就是"官僚式的、警长式的"。

第二，就是信的内容。我想你会又惊又喜。

自你五十五天前离开后（你看，我都记着呢），发生了很多事情，有些与我们直接相关。但是，只是说它们发生了，那是不恰当的。更准确地说，是我让它们发生的。

你曾经批评过我，说我喜欢扮演上帝，改变（他人）事件的进程，通过大大小小的回避，甚至还多少有些可鄙的篡改。这或许是真的。说真的，确实如此。但是，你有没有想过，这就是我工作的一部分？

无论如何，你应该马上就知道了，我要坦白我的另一桩僭越行为。然而，这一次改变事件进程是为了我们自己，因此与他人利害无关。但是，我首先要跟你讲弗朗索瓦的事。

自从你上次在马里内拉度过最后一夜之后，你我都没有提过他的名字。那个晚上，你指责我竟然没有意识到这个男孩原本可能成为我们的儿子，我们永远都不会有的儿子。此外，我将孩子带走的方式也刺伤了你。但是，你看，我当时害怕极了，而且是有很好的理由的。他当时成了一个有危险的证人，我害怕他们会让他消失（用他们的黑话说，就是将他中立化）。

我们回避了他的名字，这对我们的沟通产生了重要的影响，显得躲躲闪闪，少了一些情义。今天，我想要明确跟你说，我之前从没向你提过弗朗索瓦的名字，是为了让你不要产生危险的遐想，而我现在给你写信谈起他，是因为这种恐惧已经消失了。

你还记得吗？马里内拉的那个清晨，弗朗索瓦跑出去找妈妈？在我陪他走回家的路上，他跟我说他不想被送去孤儿院。我的回答是，那永远不会发生。我向他保证了，我们还握了手。我既已许下诺言，必将不惜一切代价守护它。

在这五十五天里，米米·奥杰洛按照我的要求，每周给他姐打三次电话，了解孩子过得怎么样。一切平安。

前天，在米米的陪同下，我去看望了他（顺便说一句，你也应该给米米写一封信，感谢他的大度和仗义）。我有机会观察了弗朗索瓦几分钟，他当时在跟米米的外甥玩儿，他俩一样大。他玩得很开心，无忧无虑的。他一看到我（他一下子就认出我了），表情就变了，有点哀伤。孩子们的记忆是断断续续的，与老人一样。我敢肯定，他又想起他母亲了。他给了我一个大大的拥抱，然后用明亮的眼睛瞪着我。他的眼里没有泪水，看上去不是爱哭的男孩。他没问我那个我害怕他问起的问题：我有没有卡里玛的消息。他只是轻声说：

"带我去找利维娅。"

不是去找他妈妈，而是找你。他肯定已经相信，自己再也见不到母亲了。可惜，他是对的。

你知道的，我从第一印象——往往不是好事——就确信，卡里玛已经遇害了。为了把我想做的事情付诸实施，我不得不走一步险棋，将害死她的同谋逼出来。下一步就是迫使他们将卡里玛的尸体公之于众，而且发现的时候一定要能确认身份。一切顺利。现在弗朗索瓦已经正式丧母了，所以我可以正式站出来代表他行动了。局长帮了我很大的忙，动员了许多熟人。如果卡里玛的尸体没有找到，那帮官僚肯定有找不完的麻烦，问题的解决就更是遥遥无期了。

这封信写得有点太长了，所以我要换一种方式。

1）从法律角度来看，不管是意大利法律还是突尼斯法律，弗朗索瓦都处于一种微妙的境地。实际上，他是一个不存在的孤儿，因为他的出生既没有在突尼斯，也没有在西西里登记。

2）负责此类案件的蒙特鲁萨当地法官算是搞定了他的身份，不过还要走必要的程序。他暂时被判给米米的姐姐抚养。

3）这名法官还通知我，在意大利，虽然未婚妇女收养儿童有理论上的可能性，但在现实中都没戏。他还跟我讲了一位女演员的例子。那个案子延期多年，判决、意见和决议出了无数，案子都不知道了翻了多少次了。

4）法官认为，最好的方法就是咱俩结婚。

5）所以，把你的证件准备好吧。

拥抱你！吻你！

萨尔沃

又及：

弗朗索瓦名下有五亿里拉的钱，我在维加塔的一个公证人朋友会代其管理，待其法定成年后交还。我觉得，我们的儿子的正式出生日期可以定在他来咱们家的那一天，而且他也应当终生享有生身母亲给予的帮助，也就是她的钱。

※

你父亲病危了，若还想见他最后一面，切勿耽搁。

阿尔坎杰洛·普雷斯蒂菲利波

他一直在等着这句话，但真的读到的时候，迟钝的痛感又回来了，一如他第一次发现这个事实。只不过现在又多了一层苦楚，那就是，他知道自己身为人子的义务：跪倒在病床前，亲吻父亲的额头，感受他临终前无力的呼吸，看着他的眼睛，说几句宽心话。他会有这份力量吗？他现在浑身是汗。如果真的像平塔库达教授所说的那样，他必须长大，这就是不可逃避的考验。

我会教导弗朗索瓦，让他不要害怕我的死去，他想。他竟有这样的想法，真是让他自己都惊讶不已，而他的心灵也因此获得了片刻安宁。

※

连开了四个小时之后，他来到了瓦尔蒙塔纳大门外，此处有一个路牌指向波提切利医院。

他在一个秩序井然的停车场下了车，走进医院。他感觉心脏都快跳到嗓子眼儿了。

"我叫蒙塔巴诺。我父亲在这里住院，我要去见他。"

服务台后面的男人看了他一会儿，然后指了指一个小等候室。

"请随意，我去叫布兰卡托医生。"

他坐到了一把扶手椅上，拿起了小桌子上的一本杂志，然后

251